Romanze in grün-metallic

FRANK WEIDENMÜLLER

Postfach 10 53 52

40044 Düsseldorf

ISBN-13: 978-1516886654

1

„Scheiß Flughafen“, schreit der verschwitzte Dicke mit Halbglatze, als er die Abflughalle betritt. Im Eilschritt überwindet er die wenigen Meter bis zu meinem Info-Schalter und brüllt mir ins Gesicht: „Über eine Stunde habe ich nach den Parkplätzen für Mietwagen gesucht!“
„Ihren Leihwagen können Sie im Parkhaus 7 abstellen“, sage ich betont sachlich, genau so, wie ich es im Seminar für *Service-orientiertes Denken und Handeln* gelernt habe. Aber das richtige Leben ist nicht wie im Seminar und der Dicke haut den Wagenschlüssel auf meine Informations-Theke und kreischt:
„So, Sie Lusche! Sie bringen den Wagen zurück! Mein Flug geht in 30 Minuten!“
„Nee, nee, ich darf keine Autoschlüssel annehmen“, sage ich hastig und schiebe den Schlüssel von mir weg.
„Das ist mir Scheiß-Egal“, brüllt der Hysteriker, nimmt den Schlüssel mit der rechten Hand und wirft ihn knapp an meinem Kopf vorbei in die Info. Dann rennt er Richtung Check-in Schalter.

Man möchte am liebsten zurückbrüllen, doch leider fallen solche Idioten unter das Washingtoner Artenschutzabkommen, denn auch diese Knallkörper haben Geld, das unsere Airportchefs gerne in ihren Kassen klimpern hören.
Ich weiß nicht warum, aber ich stecke den Schlüssel in meine rechte Sakkotasche und lasse ihn dort verschwinden. Normalerweise müsste ich meiner Chefin Bescheid sagen, aber so normal ist der Tag heute gar nicht für mich. Denn gestern lag dieser Brief in meinem Briefkasten, in DIN A4 Größe, von meinem Arbeitgeber, dem Flughafen Düsseldorf:

... entsprechend Ihrem Arbeitsvertrag endet Ihr befristetes Arbeitsverhältnis mit Ablauf des Monats. Wir bedauern, Ihnen keine Verlängerung des Arbeitsverhältnisses anbieten zu können. Für die gute Zusammenarbeit möchten wir uns ganz herzlich bedanken und wünschen Ihnen für die private wie auch berufliche Zukunft alles Gute ...

Kurz nach dem Auftritt des Mietwagenfahrers werde ich zur Pause abgelöst.
Mein erster Weg führt mich zum Lottoladen im Airport. Seit ich denken kann, spiele ich Lotto und erst recht seitdem ich erkannt habe, dass ich durch Arbeit nicht reich werden kann. Lottogewinner sind die Dornen in den Weichteilen der Bausparer und Malocher, denn Glück haben ist geiler als arbeiten. Hastig kreuze ich meine Geburtsdaten auf dem Zettel an. Ich habe nur dreißig Minuten Pause. Ich bezahle den Lottoschein und sprinte danach in den Pausenraum für Nichtraucher.

Die blonde Britta, eine Kollegin vom Frühdienst, sitzt bereits am Tisch neben dem Fenster. Vor sich einen Joghurt-Becher, auf dem in großen Buchstaben steht, dass die linksdrehenden Kulturen nur 0,1 Prozent Fett enthalten. Britta scheint mal wieder auf Diät zu sein, sie isst dann den ganzen Tag nichts außer fettarme Milchprodukte. Allerdings hilft ihr das nicht viel, denn ihr körpereigener Fettgehalt ist garantiert höher als die 0,1 Prozent in ihrem Joghurt. Britta scheint traurig zu sein, ihre Augen starren freudlos auf den Joghurtbecher. Sie rührt langsam mit einem kleinen, weißen Plastiklöffel darin herum.
„Ich habe Angst“, flüstert sie plötzlich.
„Wovor?“, frage ich aus reiner Höflichkeit.
„Dass ich Krebs habe oder so.“
Na prost Mahlzeit, ich habe die Kündigung in der Tasche und Britta sülzt mich voll mit ihrer eingebildeten Krebserkrankung.

Krebs kann man überleben, aber eine Kündigung beim Flughafen ist endgültig. Danach kommt nichts mehr, außer Aushilfsjobs als Pizzafahrer oder Mini-Jobber in irgendeinem Beerdigungsinstitut.
„Du hast bestimmt keinen Krebs, Du bist noch zu jung zum Sterben“, sage ich aufmunternd zu ihr.
„Wie sähe ich wohl mit Glatze aus? Ich habe gehört, dass einem bei einer Chemotherapie alle Haare ausfallen.“
„Du mit Glatze, das wär doch phänomenal. Dann könnte man auf Deinen Schädel schreiben: Achtung Hirn, vor Gebrauch schütteln.“
„Idiot!“ zischt Britta.
„Was würdest Du tun, wenn Du wüsstest, dass Du nicht mehr lange lebst?“, fragt sie mich mit gedämpfter Stimme.
„Ich würde abhauen, immer Richtung Süden.“
„Mit mir?“, bittet sie fast flehentlich.
„Wieso? Stirbst Du auch in wenigen Wochen?“, erwidere ich trocken.
„Arschloch!“, schimpft Britta.
„Heiße Strände, kühle Drinks und eine nette Perle im Arm, das wäre mein ewiger Süden“, entgegne ich ihr.
Doch dann erwischt sie mich: „Weißt Du, wo Dein ewiger Süden sein wird?“, fragt sie spöttisch.
„Nee, sag mal!“
„Auf dem Süd-Friedhof!“

Die Pause ist vorbei. Ich muss wieder zur Info. Anja, meine Pausenablöserin, scheint erleichtert zu sein, dass ich pünktlich zurück bin. „Gleich haste Pristina und Skopje“, sagt sie mit Bedauern und huscht eilig davon. Kaum hatte sie das gesagt, steht auch schon ein etwa vierzigjähriger Mazedonier vor mir: „Wo Ticket?“, fragt er und überreicht mir einen Brief mit staatlichem Bundesadler im Absenderfeld. Ich lese nur die Worte ‚freiwillige Rückführung nach Skopje‘ und ‚Flugticket zahlt die Bundesrepublik Deutschland’, um zu wissen, dass mal wieder ein Abschiebeflug stattfindet. Ich suche im

Computer den nächsten Skopje-Flug. „Schalter 177“, sage ich, „dort gibt es auch die Tickets!“
„Wo Ticket?“, fragt der Mensch wieder und ich schreibe ihm die Schalternummer auf den Briefkopf in der Hoffnung, dass er wenigstens Zahlen lesen kann.
Die Leute aus Mazedonien zählen zu den schwierigeren Gästen am Airport. Sie sind unhöflich, sprechen kaum Deutsch und haben trotzdem große Schnauze. Bei denen gilt auch noch die Blutrache. Oft schicken die mazedonischen Macker ihre Frauen zum Fragen an die Info, aber meistens kommt danach der Typ selbst und fragt noch mal das Gleiche. Wahrscheinlich wegen der Blutrache.
Langsam staut sich vor meiner Info eine Reihe mazedonischer Frauen und Männer, die *freiwillig* abgeschoben werden wollen. Jeder fragt das Gleiche, jeder bekommt die gleiche Antwort. Alltag an der Flughafeninfo. So geht die Zeit schnell rum.
Ich ertappe mich bei dem Gedanken, wie ich nachher das zu dem Schlüssel passende Auto finden soll, denn mittlerweile ist mir klar, dass ich eine Runde mit der Karre drehen will. Der dicke Hektiker soll ruhig Stress bekommen, wenn die Girlies von der Mietwagenfirma den Wagen vermissen und ihm den zusätzlichen Miet-Tag in Rechnung stellen.
Es ist das perfekte Verbrechen, denn der Diätfeind ist ja weggeflogen. Ich kann den Wagen fahren und morgen einfach an irgendeiner Filiale des Autoverleihers stehen lassen, mit leerem Tank, versteht sich. Muss halt das Riesenbaby mit seiner Kreditkarte dafür blechen.
Endlich 14:00 Uhr, Feierabend. Ich stemple aus und suche mir eine Abkürzung durch den Sicherheitsbereich auf die Straße.

Ich ziehe meinen Flughafenausweis ab und stecke ihn in die Tasche. Ich möchte unerkannt bleiben, wenn ich nach dem Mietwagen Ausschau halte. Ich laufe langsam den

Weg vor dem Abflug auf und ab. Netterweise hängt an den Schlüsseln der Mietwagen immer ein kleines Schild mit dem Wagentyp und dem Kennzeichen. Meiner ist ein Fünfer BMW mit Münchener Kennzeichen, doch ich kann keinen Wagen dieses Typs entdecken. Hat der dicke Mieter den Schlitten vielleicht doch ins Parkhaus gestellt? Also ab ins Parkhaus 2, das direkt gegenüber dem Terminal liegt. Ich schlendere an den vollbesetzten Parkbuchten vorbei. Dann, nach wenigen Metern, der Volltreffer: *mein* Fünfer aus Bayern, in grün-metallic. Auf dem Behindertenparkplatz! Das passt zu dem Dicken. Ich drücke einmal auf den Schlüsselknopf zum Öffnen der Türen. Der Wagen antwortet mit einem freundlichen Blinken der Warnblinkanlage: herzlich willkommen.

Die Parkhaus-Kassiererin mit dem modernen two-tone-look, dunkelbraunes Haupthaar, in den Haarspitzen hellbraun gefärbt, schaut mich mit ihren strahlendblauen Augen skeptisch an. Möglicherweise kommen jeden Tag irgendwelche Typen in ihr Büro und behaupten, dass sie ihr Parkticket verloren haben. Aber mein Alibi ist gerichtsfest. Ich erzähle der Lady, dass meine Frau den Wagen im Parkhaus 2 abgestellt hat, weil sie nicht auf den Mitarbeiterparkplatz für Flughafen-Angestellte darf. Ich soll den Wagen übernehmen, weil meine teilzeitbeschäftigte Mini-Job-Frau dringend unser krankes Einzelkind von der Oma abholen muss und ich ausnahmsweise mit dem Auto den Wocheneinkauf im Supermarkt übernehmen solle. Leider hat mein Schatz in der Eile vergessen, mir den Parkschein fürs Auto zu geben. Und jetzt steh ich da.
Die Parkhaus Dame schaut immer noch skeptisch, doch dann zieht sie langsam eine Schublade ihres Schreibtisches auf und kramt nach irgendwas.
„Das ist jetzt eine Riesen-Ausnahme“, sagt sie schließlich und holt einen Blanko-Parkschein aus der Schublade. „Noch mal werde ich ihnen nicht aus der Patsche helfen.

Dann werden 50 Euro fällig!“
Ich lächle sie an und sie lächelt zurück. Sie scheint Problemkinder zu mögen.
Mein Herz macht Bungee-Jumping vor Aufregung und Freude. Meine Halsschlagadern pumpen wie verrückt, als ich mit dem Parkticket in der Hand das Büro verlasse. Jetzt nicht in Ohnmacht fallen und draußen erst mal kräftig durchatmen.

Ich versuche so normal wie möglich zu wirken, keiner soll irgendeinen Verdacht schöpfen. Ich fahre mit dem Aufzug zum Parkdeck 21. Auf dem Weg zum BMW schaue ich vorsichtig in alle Richtungen, um zu sehen, ob eventuell ein Kollege in der Nähe ist, der mich wiedererkennen könnte. Es ist keine Menschenseele zu sehen. Ich schließe die Fahrertür auf und schlüpfe ins Auto. Der Wagen riecht richtig neu, ich stecke den Zündschlüssel rein und checke den Kilometerstand: nur 358 km! Nagelneu und vollgetankt, da kann ja nix mehr schief gehen. Ein kurzer Dreh mit dem Schlüssel und der 170 PS Motor wacht auf. Langsam fahre ich eine Etage tiefer zum Ausgang, schiebe dann den Blanko-Parkschein in den Automat neben der Schranke und ich bin frei. Ein geiles Gefühl mit einem 35.000 Euro Auto unterm Arsch nach Hause zu fahren. Tausendmal besser als auf einem Sitzplatz in der S-Bahn rumzuschwitzen, auf dem kurz vorher irgendein Penner reingefurzt hat.

Die fünfzehn Kilometer nach Hause vergehen wie im Flug. Nur auf der Fischerstraße musste ich kurz abbremsen, weil dort geblitzt wird. Wie auf einem Sofa schwebend rolle ich in meine Straße und erschrecke angesichts der Tatsache, dass es keinen einzigen freien Parkplatz vor meiner Haustür gibt. Ich kurve mehrmals um den Block herum und kann langsam verstehen, wie aus einem Otto Normalbürger ein latenter Verbrecher im Straßenverkehr werden kann. Nach zwanzig Minuten, die sich anfühlen wie eine Stunde, gebe ich auf und stelle das Vehikel auf einem Behindertenparkplatz an der Lessingstraße ab. Hinter der Windschutzscheibe hinterlasse ich folgenden Zettel: „Nach 1 Stunde vergeblicher Parkplatzsuche habe ich beschlossen behindert zu sein!“

So schnell kann es gehen, dass man zum Lügner und rücksichtslosen Schwein wird. Scheiß auf die Straßenverkehrsordnung, das ist schließlich ein BMW.

2

Der nächste Morgen begrüßt mich mit Sonnenschein, der sich seitlich an den dunkelblauen Fenstergardinen vorbeizwängt und herausfordernd an der Wand kleben bleibt. Ein Blick auf den Tchibo-Reisewecker sagt mir: zwölf Uhr, Zeit fürs Frühstück. Der gefriergetrocknete Kaffee ist schnell gekocht und ich mache es mir gemütlich in meiner 38 Quadratmeter Wohnung.
Die Wohnung hatte ich vor drei Jahren von Freia, einer Freundin meiner Schwester Mia, übernommen. Da ich damals als Arbeitsloser nur wenig Bares hatte, überließ mir diese Schwester-Freundin das komplette Mobiliar für lau.
Mia wohnt seitdem mit Freia in einer Frauen-WG in Münster. Beide studieren dort, die eine feministisch-christliche Sozialpädagogik, die andere Maschinenbau.

„Schätzchen, Du hast eine Message", flüstert und vibriert plötzlich mein Handy. Es ist eine SMS von Leila, einer Schulfreundin, zu der ich heute noch Kontakt habe. Alle Schuljungs im zeugungsfähigen Alter waren damals scharf auf Leila, aber etwas Dunkles, Unnahbares haftete ihr an, sie schien irgendeinem gruselig, geilen Feuchtgebiet entsprungen zu sein. Wir hatten alle den Verdacht, dass sie mit dem Klassensprecher von der Abschlussklasse schlief, aber wie man später der Presse entnehmen konnte, bumste sie in Wirklichkeit mit dem Sport- und dem Religionslehrer. Nach der fristlosen Entlassung der beiden Pädagogen und Lailas Schulwechsel verlor ich sie aus den Augen. Aber da sie nicht weit entfernt von mir wohnte, trafen wir uns gelegentlich in Mannis Kneipe beim Billard spielen.
„Kommst Du heute zur Galerie? Wir feiern die Eröffnung des Ausstellungsrundgangs der Kunst-Akademie" textet Leila.
Ich antworte ihr kurz und knapp mit einem lächelnden Smiley, denn eine Künstler-Fete heißt gratis saufen und

essen, und wenn ich Glück habe, krieg ich eine Erstsemester-Studentin ab.
Nun mag man sich wundern, wie Leila, eine natural born Hauptschülerin, an die ehrwürdige Kunstakademie zu Düsseldorf kommt, jedoch ist das gar nicht so abwegig, wenn man sich vor Augen führt, dass man als Künstler nicht wirklich was können muss. Obwohl ich nicht behaupten will, dass Leila nichts kann, aber ihre Qualitäten liegen eindeutig dort, wo Sigmund Freud den Trieb vermutet, also mehr im körperlichen Bereich. So ist es fast zwangsläufig, dass Leila ganz von unten, nämlich als Aktmodell, in der Akademie anfangen musste und da Kunstprofessoren auch nicht anders ticken als Sport- oder Religionslehrer, schlüpfte sie ohne Probleme in die Kunst und Galerie-Szene der schönen Stadt an der Düssel.

Am Abend springe ich in meinen Wagen und drücke aufs Gaspedal. Das Auto spurtet los und bei 50 km/h zügel ich den Turboschlitten.

In der Oberbilker Allee vor der Galerie verpufft mein geplanter Promi-Auftritt mit VIP-Kutsche in den Abgaswolken der studentischen Polos, Clios und Golf II, die laut hupend in der Straße herumkurven auf der Suche nach einer freien Stelle zum Parken. Ich kann noch nicht mal mit meiner Karre auf den Bürgersteig, weil dort Horden von bekifften und diskutierenden Kunststudenten herumlungern, und es ist weit und breit kein freier Behinderten-Parkplatz zu sehen. Leicht angesäuert fahre ich einige hundert Meter weiter, stelle mein Automobil auf einem Supermarkt-Parkplatz ab und gehe zu Fuß zurück zur Galerie.
Ich drängle mich auf dem Gehweg durch die mit Bier- und Weingläsern gut versorgten Partykünstler in die Galerie, um die Bierquelle ausfindig zu machen. An den Galeriewänden hängen diverse bunte und schwarz-weiße Bilder von Hungerkünstlern mit Abitur. In der Mitte steht

ein Klopapierbaum, eine Art Gesteck aus Ästen, umwickelt mit weißem Klopapier und dem Titel „Hartz IV“. Drum herum stehen drei Sofas, dem Aussehen nach vom Trödelmarkt. In der hintersten Ecke sehe ich eine kleine Warteschlange durstiger Studenten, dort muss die Bierleitung sein. Ich stelle mich an und habe das Glück hinter der objektiv schärfsten Frau der Party warten zu dürfen. Ich schätze sie auf 24 Jahre; lange, dunkelblonde Haare krönen ihre schöne, symmetrische Figur, sie scheint einem Pirelli-Kalender entstiegen zu sein. Ich lasse sie meinen heißen Atem spüren und sie dreht sich zu mir um.
„Du bist superschön“, sage ich plump zu ihr. „Ist schon klar“, sagt sie, „aber leider kann man dass von Dir nicht behaupten“, und sie dreht sich wieder um.
Sauer wie ich bin maul ich zurück: "Hättest ja auch ein bisschen lügen können, so wie ich."
Aber das hört sie schon gar nicht mehr, weil jemand ihr das Bier vom Fass herüberreicht. Ich lasse mir gleich zwei volle Gläser geben, um weiteren Wartefrust mit frühreifen Studentinnen aus dem Weg zu gehen.
Mit den Bieren in der Hand gehe ich zum Buffet, das auf einem breiten Tapeziertisch Platz gefunden hat.
„Das wäre aber nicht nötig gewesen“, säuselt plötzlich eine mir vertraute weibliche Stimme und Leila entwindet mir in null Komma nix ein Gläschen. „Ey, das ist schon bezahlt“ protestiere ich mit einem Lächeln – „Das bin ich Dir wert“ antwortet sie und trinkt das Glas in einem Zug leer. Mit triumphierendem Blick reicht sie mir das leere Glas zurück. Ich starre auf ihr tiefes Dekolleté, das ihren perfekten Busen zum Vorschein bringt und bevor mein Blick zu peinlich wird, bedanke ich mich für die Einladung. „Gern geschehen“, sagt Leila, und sie verschwindet aus meinem Blickfeld so schnell, wie sie gekommen war. Ich wende mich daraufhin den lebenswichtigen Vitaminen und Mineralstoffen in Form von Kartoffelsalat und Frikadellen zu.
Neben mir häuft sich ein Künstler-Pärchen verschiedene

Salate, Gräser und Wurzeln, geklaut aus dem ZDF-Fernsehgarten, auf den Pappteller. Bei Raumschiff Enterprise heißen solche Leute Veganer und die zählen zu den größten Feinden des Universums. Die weibliche Version der Veganer schaut angeekelt auf meinen Frikadellen-Teller. Ich lass mich von dieser Miss Unkraut nicht provozieren und frage sie, wo denn Senf und Ketchup für meine Fleischeslust zu finden seien. Sie tut so, als ob sie nur serbokroatisch verstünde und bei genauerem Hinsehen entpuppt sie sich als waschechte Kanton-Chinesin. Ihr deutscher Freund schaut süß-sauer zu mir herüber, um zu sehen, wer mit seiner Peking-Ente spricht. Ich erkläre ihm, dass ich bei der Volkshochschule ein Semester Chinesisch absolviert habe, um in Shanghai einen Job zu finden, aber die hatten dort nur eine Stelle als Schuhputzer frei.
„Da brauchst Du wohl einen neuen Termin bei der Berufsberatung", sagt mir frech der Chinesinnen-Freund und zieht seine Lotusblüte weg von mir.
Der Abend wird schwierig, denke ich auf dem Weg zum nächsten Bier. Alkohol und Essen gibt's hier im Überfluss, aber das Künstlerpack als Beilage ist schwer verdaulich.
Ich ziehe mir eine übersichtliche Menge Bier kurz hintereinander rein, frei nach dem Prinzip „Nüchtern bin ich schüchtern, voll bin ich toll". Damit ist auch eine solide Grundlage geschaffen, um sich der Kunst an den Wänden zu widmen. Das erste Bild ist ein gelungener Start und entspricht meiner aktuellen Gefühlslage, denn es zeigt einfach Nichts, das jedoch in grüner Farbe. Buddha im Nirvana hätte seine große Freude daran. Passenderweise steht auf dem Beipackzettel „Ohne Titel, monochrome Arbeit mit Plaka-Farben, von Anja Schlegel, Klasse Prof. Schlumberger". Das zweite Bild zeigt eine mit Bleistift fabrizierte, depressiv anmutende Schraffur auf weißem Papier, von „Tohito Usimato, Klasse Prof. Nickles".

Der Klopapierbaum im Zentrum der Galerie ist auch nicht

zu verachten. Vor diesem Baum stehen nun zwei visuell ansprechend aussehende Studentinnen, die sich interessiert über die in Toilettenpapier eingewickelten Äste unterhalten. Ich schließe mich der Diskussion an und befrage fachmännisch die blondere von den beiden: „Ist das nun 3-lagiges oder 4-lagiges Klopapier auf dem Baum?"
„Das musst Du die Künstlerin fragen, die steht neben Dir."
Die brünettere der beiden Mädels lächelt mich an.
„Es besteht aus 2-lagigem Toilettenpapier, das ist billiger".
„Hast Recht", bemerke ich, „das passt auch besser zum Titel Hartz IV."
„Wir lernen schon zu Beginn des Studiums, dass das Material des Kunstobjektes mit seinem Inhalt korrespondieren soll, wobei der Sinn des Kunstwerkes natürlich erst im Kopf des Betrachters entsteht", referiert die Brünettkünstlerin stolz.
„Toll, das hört sich nach mindestens 3 Semestern Kunsttheorie an."
„Theorie und Praxis sind die zwei Seiten einer Medaille."
„Kenn ich von der Fahrschule" beschließe ich das Thema und die Brünette lächelt mich weise an.
„Haste Lust auf ein Stück Kuchen?", fragt sie plötzlich, nimmt meine rechte Hand und zieht mich dominagleich zum Büffet. Ihre Finger fühlen sich samtweich und drahtig zugleich an, von ihr würde ich mich gerne mal mit Klopapier einwickeln lassen.
„Wie heißt Du?", frage ich sie.
„Delia ..., und Du?"
„Max"
Am Büffet angekommen bemerke ich jetzt auch den kleinen Beistelltisch, der mir vorhin bei den Frikadellen und feindlichen Veganern entgangen war. Doch Delia und ich kommen fast schon zu spät, denn es ist nur noch ein Stück Schokoladenkuchen übrig, in das irgendjemand eine silberne Kuchengabel wie einen Dolch hineingestoßen hat.

Ich umfasse die Gabel mit meiner linken Hand, will sie herausziehen und merke, dass das nicht geht. Gabel und Kuchen scheinen miteinander verwachsen zu sein. Delia verweist auf die kleine Karte neben dem Kuchenteller:
„Titel: Der Gärtner ist nicht immer der Mörder".
„Kunststoff koloriert, von Delia Führmann, Klasse Prof. Dubuffet"
Ich glaube, so etwas schon mal im Online-Shop von Aral gesehen zu haben, aber das sage ich jetzt nicht der Delia, denn ich habe ja eine frische Unterhose an, die diese Nacht noch in ihrer Gegenwart zu Boden sinken soll.

„Delia, das geht schon stark in Richtung Chapman Brüder", schleime ich stattdessen, ohne rot zu werden. Ich hatte mal auf Arte einen Bericht über dieses englische Brüderpaar gesehen, die zwar keine Plastikkuchen anfertigen, aber einige KZ- und II. Weltkrieg-Landschaftsmodelle im Saatchi-Museum in London ausstellten. Die Engländer sind ja so fasziniert von den deutschen Nazis, dass ich mittlerweile glaube, dass sie definitiv die besseren Reichsbürger gewesen wären, zumal die Queen, repräsentationsmäßig, auch gut zu unserem Adolf gepasst hätte.
Jedoch, direkt im Anschluss an die Kunstsendung brachte Arte einen englischen Original-Kriegsfilm mit deutschen Untertiteln. Ich muss sagen, die englischen Schauspieler im Reichssicherheitshauptamt sprachen die deutschen Befehle mit ihrem Angelsachsen-Akzent dermaßen tuntig aus, dass sie damit als Nationalsozialisten nie durchgekommen wären. Da lobe ich mir die Amerikaner, die in Hollywood die Wehrmachts- und Waffen-SS-Rollen konsequent mit deutschen Schauspielern besetzen.
Auch diese Gedanken tue ich jetzt nicht der Delia kund, sondern mache ihr klar, dass nach einer solchen anstrengenden Kunstbetrachtung inklusive Plastik-Schokoladenkuchen mein erstes Bier für diesen Abend fällig sei.

„Gute Idee", sagt sie und zieht mich in die Bierfass-Ecke. Dort steht schon wieder das blonde Pirelli-Modell in der Warteschlange. Britta mustert neidisch deren Figur von oben bis unten und meint: "Ach, ich hab jetzt lieber Lust auf Wein, lass uns eine Flasche organisieren."
Daraufhin drückt sie mich von dem Pirelli-Kalender-Modell weg und fummelt aus einem Rucksack, der unterm Buffet-Tapeziertisch steht, eine Flasche Rioja hervor. Beim Niederknien rutscht ihr die Hose vom Po und ich kann ein schönes tätowiertes Geweih erkennen, das mich prompt an die Kunst des Belgiers Wim Delvoye erinnert. Der betreibt in China eine Schweinefarm und tätowiert dort Schweine unter anderem mit dem Logo von Louis Vitton. Eine solche arme Sau wird dann bei Christie's in London für gutes Geld versteigert. Ich frage mich, ob man für die tätowierte Delia auch viel Geld bei Christie's bekommt.
„Hast Du eigentlich eine Freundin?", unterbricht Delia meine kunsthistorische Abschweifung.
„Ja, aber die muss ich immer erst aufblasen."
Delia lacht laut und verständnisvoll.
„Hast Du einen Freund?", frage ich sie.
„Ja, aber bei dem muss ich oft die Batterien wechseln."
Angesichts dieser Konversation keimt in mir die Frage, wer hier wen flach legen will.
Um die Situation nicht zu stark ins Vulgäre abgleiten zu lassen erzähle ich Delia einen Witz:
Ein freier Künstler ist bei einer ärztlichen Untersuchung. Der Arzt sagt zu ihm: „Ich habe leider eine sehr schlechte Nachricht für Sie. Sie haben nur noch 12 Tage zu leben."
„Scheiße", sagt der Künstler, „wovon denn?"

„Du scheinst kein positives Bild von uns Kreativen zu haben", meckert Delia, statt zu lachen.
„Stimmt, habe ich auch nicht", gestehe ich, „Sich mal der Besen dort drüben, der an der Wand angelehnt ist."
Delia schaut misstrauisch zu dem Besen hinüber.

„Ihr Künstler habt aus der Kunst etwas völlig Profanes gemacht!“
„Wie jetzt?“, fragt Delia in einem beleidigten Ton.
„Tja, der Besen könnte von einer Putzfrau dort abgestellt sein oder von einer Künstlerin. Wo ist da der Unterschied?“
Delia schaut mich prüfend an, sie hat offenbar nicht damit gerechnet, auf einer Party zur Eröffnung des Rundgangs der Kunstakademie zu Düsseldorf eine derart fundamentalistische Kunstkritik zu hören. Angesichts ihres Klopapierbaumes und des Plastikkuchens schwant in mir allerdings der böse Verdacht, dass auch der Besen an der Wand von ihr sein könnte.
„Hör mal gut zu, Du Kunst-Versteher“, sagt Delia mit drohender Stimme.
„Das, was Du unter Kunst verstehst, ist wahrscheinlich die Kunst eines Tizians, Dürers oder Rubens. Das ist zweifellos große Kunst. Aber es ist Kunst, die nur ein Abbild von der Wirklichkeit zeigt. Wenn Du das Talent hättest, könntest Du den Besen an der Wand mit Kohle oder Bleistift zeichnen.“
„Vielen Dank, dass Du mir das zutraust“, versuche ich Delia von ihrem Ärger abzulenken, doch sie hört gar nicht mehr zu.
„Aber es wäre nur ein Abmalen, ein Nachzeichnen von dem, was Dich umgibt. Die Kunst in der heutigen Zeit bildet nicht einfach irgendetwas ab, sondern sie schafft was Eigenes, eine eigene Realität, ein eigenes Ding.“
„Wow“, entfährt es mir anerkennend.
„Aber die Idee mit dem Besen finde ich gut“, erwidert Delia, die nun sichtlich wieder etwas abkühlt und ein Lächeln für mich übrig hat. „Da hätte ich von selbst drauf kommen können. Darf ich die Idee benutzen?“ fragt sie und schmatzt ein Küsschen auf meine Wange. „Natürlich, aber mein Name muss mit auf das Schild“.
Delia zerreißt eine Papier-Serviette in ein kleines handliches Viereck und schreibt mit grünem Edding

darauf: „Titel: Walpurgisnacht, von Delia und Max, Klasse Prof. Dr. Goethe“. Dann klebt sie die Serviette an den Besenstil.
„Voilà, ein neues Kunstwerk, geschaffen in 2 Minuten“, strahlt Delia über beide Backen. „So hatte bereits Marcel Duchamps 1914 mit seinen *Readymades* angefangen. Er hatte einfach irgendetwas in einem Kaufhaus erstanden, es in sein Atelier gestellt und mit einem mehr oder weniger klugen Text beschriftet“, verkündet sie stolz und meint: „In Dir steckt auch ein Künstler!“
„Da wo ich herkomme, gilt das als Beleidigung“, entgegne ich Delia, „ich verdiene mein Geld mit harter Arbeit.“
„Mann, Du tickst echt kompliziert“, raunzt Delia. In diesem Moment sehe ich Delias blonde Freundin zurückkommen, die ziemlich betrunken auf Delia zuwankt. An Delias Ohr angekommen, flüstert sie ihr etwas zu. Ich sehe, wie sie den Kopf Richtung Eingangstür dreht. Dort steht im Türrahmen ein ältlicher Herr in einem Gobelin-Mantel.
„Hat mich gefreut, Dich kennenzulernen“, sagt Delia hastig zu mir und entfernt sich fluchtartig.
„Sag mir wenigstens Deine Telefonnummer“, rufe ich ihr hinter her.
„Die steht im Telefonbuch“, ruft sie zurück und scheint das witzig zu finden. Delia geht auf den Opa im Mantel zu und begrüßt ihn mit Küsschen links, Küsschen rechts. Ich kann nur bruchstückhaft hören, was sie zu ihm sagt und ich meine, dass Sie ihn mit Professor anredet. Ich dachte immer, dass Mädels nur auf Schlägertypen oder Klavierspieler stehen, aber anscheinend gehören greise Kunstprofessoren auch in das Beuteschema von Single-Frauen.

Als Balsam für meine gekränkte Seele, trinke ich die Flasche mit dem spanischen Wein leer. Das reicht als Narkose für meinen akuten Liebeskummer. In Anbetracht der vielen Biere zuvor dauert es nicht mehr lange, bis ich,

leicht schwankend, den Weg nach draußen finde, um dort schließlich die übelste Form des Alkoholmissbrauchs zu begehen, nämlich alles wieder auszukotzen. Schade um den leckeren Wein.
Leicht fröstelnd von der kühlen Realität auf der Straße ziehe ich einen Schlussstrich unter den heutigen Tag und wanke weiter, um meinen BMW vom Supermarkt abzuholen. Auf dem Weg singe ich die kommunistische Internationale, die ja in ihrem Text das Männerrecht auf schöne Frauen besingt, aber schon reißt irgendwer im zweiten Stock über mir ein Fenster auf und brüllt in die Nacht: „Halts Maul Du Nazi, das Horst-Wessel-Lied ist in Deutschland verboten."
„Deine Dummheit sollte in Deutschland verboten werden, Du Arschloch", brülle ich nach oben zurück. Als Antwort landen und zerplatzen zwei Eier dicht neben mir auf dem Bürgersteig. Frieden schaffen ohne Waffen denke ich nur und gehe etwas zügiger zum Supermarkt-Parkplatz zurück. Dort angekommen findet das Unglück dieses Abends seine Fortsetzung. Ein massiver Eisengitterzaun, versehen mit einem Kettenschloss, versperrt mir den Weg zu meinem Auto. Ein Schild klärt mich auf: „Dieser Kunden-Parkplatz wird eine halbe Stunde nach Ladenschluss geschlossen. Vielen Dank für Ihren Einkauf."
Ich könnte sofort wieder kotzen aus lauter Frustration, aber ich habe nix mehr im Magen, was heraus könnte. So müssen sich die Ossis gefühlt haben, als die Mauer noch stand und keiner an die schnieken Wessi-Schlitten jenseits der Todeszone rankam. Nach drei Versuchen schaffe ich es, über den Eisenzaun zu klettern und ich bin angesichts dieser Kraftanstrengung fast schon wieder nüchtern. Ich schließe meinen BMW behutsam auf, lege mich auf die Rückbank und freue mich über die Wiedervereinigung mit meinem Auto. Jetzt wächst zusammen, was zusammengehört, ist mein letzter Gedanke vor dem Einschlafen.

Ein vielstimmiges Vogelgezwitscher, das durch die Autoscheiben angenehm gedämpft wird, lässt mich bei Morgenlicht aufwachen. Ich blinzele müde durch die Heckscheibe und entdecke ein hausmeisterartiges Wesen, das gerade im Begriff ist, den Eisenzaun aufzuschließen. Der Weg ist wieder frei für mich und meine Karre. Ich wechsel den Platz von der Rückbank auf den Vordersitz und fahre gemächlich am Hausmeister vorbei, der freundlich mit einem Handfeger winkt.

In meiner Straße angekommen zeigt sich das gleiche Bild von gestern: keine Stelle frei zum Parken. Ich kurve wieder um den Block herum und entdecke zu meinem Glück dann doch eine ziemlich breite Parklücke, in der glatt ein LKW reinpasst. Ich brause hinein, schließe das Fahrzeug ab und sehe zwei ambulante Halteverbotsschilder, die meinen Parkplatz links und rechts begrenzen. An beiden Schildern hängt ein Zettel: „Wegen Umzug heute Parkverbot von 7 Uhr bis 18 Uhr“. Es ist jetzt 5 Uhr morgens, also kann ich guten Gewissens mein Auto noch zwei Stunden hier abstellen.
Ich schließe meine Wohnungstür auf und lasse sie laut ins Schloss knallen. Ich renne unter die Dusche, um mich schnell frisch zu machen, denn ich habe einen Plan gefasst. Ich werde nach Münster fahren und die Frauen-WG meiner Schwester Mia besuchen. Wenn ich schon keine Kunststudentin abkriege, kann ich vielleicht eine lesbische Freundin von Mia bekehren, so dass sie wieder auf den Pfad der Tugend zurückfindet. Ein toller Plan, wie ich finde, denn mit einem BMW unterm Arsch könnte dies gelingen.

3

Die Autofahrt durch die City ist bemerkenswert unkompliziert, angesichts der Tatsache, dass um diese morgendliche Zeit die Rush-Hour voll im Gange ist. Aber die meisten Lohnsklaven wollen schließlich nach Düsseldorf rein und nicht wie ich raus ins westfälische Münster.

Auf der A 52 trete ich zum ersten Mal das Gaspedal meines Mittelklasse-Autos bis auf den Boden und ich werde sanft in den Sitz gedrückt. Aber mein Geschwindigkeitsrausch hält nicht lange an, weil vor mir ein Holländer mit seinem Wohnwagen im Schlepptau einen Tiefkühl-Laster überholen will. Holländer auf der Überholspur sind das Gegenteil von schnell, dies scheint ihnen das Haager Kriegsrecht zu verbieten. Ich leite eine Vollbremsung ein und lasse die Lichthupe von der Leine, inklusive linkem Blinker. Aber Niederländer in NRW machen stets von ihrem Recht Gebrauch, ihren Urlaub mit 85 Stundenkilometern auf der Autobahn zu verbringen. Noch dichter ran fahren und Hupe betätigen wäre jetzt eine weitere Möglichkeit, aber ich entscheide mich für die Deeskalation und trotte gemächlich hinter dem Wohnwagen her, mit dem beruhigenden Gedanken, dass die Holländer alles können, außer Autofahren.

Im Rückspiegel stauen sich mittlerweile Dutzende von Autos auf der linken Spur und ich frage mich, wann unser Stau groß genug sein wird, um in den Verkehrsnachrichten erwähnt zu werden. Niemand ahnt, dass ich mit dem Wohnwagen-Holländer vor mir eine antifaschistische Gruppe anonymer Stauverursacher bilde. Freie Fahrt für freie Bürger gilt heute nicht.
Und dann wird mir mit einem Mal klar: Ausfahrt verpasst! Die Käseroller vor mir wollen natürlich auf die A3 Richtung Arnheim, ich muss aber Richtung Oberhausen.

Ein Hinweisschild weist tröstlich darauf hin, dass der nächste Rastplatz in 1000 Metern zu erreichen sei. Ich werde dort raus fahren und eine kleine Pinkelpause einlegen.

In der Toilettenanlage auf dem Rastplatz ist es menschenleer, nur die gut gefüllte Untertasse mit dem Trinkgeld für die Klofrau zeugt davon, dass vor mir schon andere Nomaden ihre Blase entleerten. Ich zwänge mich in eine Toilettenkabine, pinkle im Stehen und reiße mir danach einige Bahnen vom Toilettenpapier ab, in der Absicht, mit diesem Papier in null Komma nix die Trinkgeld-Untertasse der Toilettenfrau einzuwickeln und zu klauen. Bekanntlich sackt sich sonst, laut RTL Explosiv, die albanische Toilettenmafia das Trinkgeld ein. Ich bestehle also keine armen Leute. Ich bin nun auf dem direkten Wege ein Kleinkrimineller zu werden, und das ohne jede Berufsberatung. Ab jetzt gibt es keine Ausrede mehr für mich!
Ich muss gestehen, dass sich das Gangsterleben gar nicht mal so schlecht anfühlt, wenn die Hosentasche mit genügend Kleingeld aufgefüllt ist. Ich fühle mich fast schon wie einer dieser Rapper mit entsprechender street credibility, nur singen kann ich nicht.

Ich steige lässig in mein Ferienauto, auf dem Beschleunigungsstreifen trete ich das Pedal kräftig durch. Nach einigen Kilometern lasse ich den BMW ein wenig verschnaufen und halte mich an die zulässige Höchstgeschwindigkeit.
Plötzlich bemerke ich im Innenspiegel eine huschende Bewegung auf meiner Rückbank. Vor Schreck trete ich kurz auf die Bremse, ein wildes Hupkonzert vom Hintermann ist die Antwort. Ich hoffe, dass die Bewegung im Spiegel nur eine Fata-Morgana war, aber im gleichen Moment erkenne ich das Gesicht einer jungen, schönen Frau mit langen schwarzen Haaren. Das ist bestimmt die

Klofrau, die ihr Geld zurück will, fährt der Schrecken in mein Hirn!
„Sind sie weg?“, sagt die Frau mit zittriger Stimme.
„Wen meinst Du?“, frage ich zurück.
„Meine Brüder!“
Die Perle dreht ihren Kopf plötzlich nach hinten und schaut durch die Rückscheibe, so als ob sie sicher sein will, dass uns niemand verfolgt.
Dann dreht sie ihr Gesicht wieder zu mir; sie hockt in der Mitte des Rücksitzes und schiebt ihren Kopf zwischen den Spalt der beiden Vordersitze in meine Richtung. Jetzt kann ich erkennen, dass ihr linkes Auge geschwollen ist und ihr Lid blau geschlagen schimmert. Zumindest ist klar, dass das nicht die Toilettenfrau ist, die ihre Kohle zurückverlangt.
„Wie bist Du in meinen Wagen reingekommen?“
„Die Tür war nicht verschlossen.“
Typischer Anfängerfehler von mir, den Fluchtwagen mit offenen Türen warten zu lassen. Das wird mir bei meinem nächsten großen Ding nicht mehr passieren.
„Wohin fährst Du?“, fragt sie mich.
„Richtung Norden“, antworte ich wage.
„Gut, da muss ich auch hin“, sagt sie und ich fasse gedanklich zusammen: Scheiße, hätte ich doch lieber Süden gesagt.
„Ich will nach Westerland auf Sylt“, sagt sie jetzt in einem bestimmenden Ton.
„Wie bitte, Sylt? Was willst Du denn da?“
„Dort gibt's keine Türken, da finden mich meine Brüder nicht.“

Nun gut, jetzt noch mal zum Mitschreiben: Ich fahre in einem der modernsten Fortbewegungsmittel dieser Erde über eine deutsche Autobahn mit computergestütztem Mautsystem, nutze eine halbautomatische Toilette mit digitalisiertem Eingangssystem und in meinem Fond sitzt das blau geschlagene Opfer eines orientalischen, tausende

Jahre alten, frauenfeindlichen Paschasystems, dessen Wirtschaft sich auf den Anbau von Kebab stützt. Womit habe ich das verdient?
„Nee Du, nach Westerland ist viel zu weit, ich fahre nur bis Münster, zu meiner Schwester“, sage ich nach hinten.
„Münster geht gar nicht, da wohnt ein Onkel von mir mit seiner Familie. Wenn ich dort auftauche, bin ich tot!“ mault die Perle Anatoliens zurück,
„Ich kann Dich bezahlen!“, fügt sie noch schnell hinzu.
„Haste die Familienkasse geklaut?“, frage ich neugierig.
„Nein, ich habe meinen Fondsparplan aufgelöst, vermögenswirksame Leistungen, verstehst Du?“, antwortet sie verärgert.
Und plötzlich spüre ich es wieder, das mulmige Gefühl des Bombenentschärfers in Gegenwart einer hochkomplizierten Bombe mit Säurezünder, die jederzeit explodieren kann, denn so fühle ich mich oft, wenn ich eine Frau kennenlerne. Jetzt keine falsche Bewegung und kein falsches Wort, sonst fliegt mir diese Granate um die Ohren.
„Wie heißt Du denn?“, frage ich harmlos.
„Bist Du von den Bullen?“ meckert sie zurück.
„Seh' ich so aus?“
„Nein! Ebru!“
„Augenblick mal, willst Du mich jetzt auf Türkisch beschimpfen?“
„Nee, so heiße ich, Ebru.“
„Hört sich an wie diese Vogelart aus Australien, die nicht fliegen kann.“
„Genau das bin ich, ein Vogel, der nicht fliegen kann“, sagt sie traurig, „aber Du meinst den Emu, ich heiße Ebru.“
Die Form der Etikette wahrend stelle ich mich ihr als Max vor und wir fahren daraufhin stumm einige Kilometer weiter über die Betondecke der Autobahn. Wir beide müssen nun überlegen, wie es weitergeht, denn das Schicksal hat uns in diesem geklauten Mietwagen

zusammengeführt. Die Türken nennen so was Kismet, glaube ich. Die anatolische Blume hat immerhin was von Bezahlen gesagt, so dass ein Trip nach Sylt mein geklautes WC-Geld nicht schmälern würde; und das sie auf eine Insel flüchten muss auf der keine Türken leben macht echt Sinn.
„Bist Du ein Vertreter oder sowas?", fragt Ebru unvermittelt.
„Ja, wie kommst Du darauf?", sage ich, denn der Gedanke, dass ich ein Handelsvertreter sein könnte, erheitert mich.
„In Deinem Auto ist nix Persönliches drin, sieht halt aus wie ein Geschäftswagen!"
Gut beobachtet und die nächste Frage wird sicherlich sein, welches Produkt ich vertrete.
„Was verkaufst Du denn?", fragt sie.
Da wir gerade einen LKW überholen, der Werbung für Waschmaschinen auf seiner Seitenwand aufgedruckt hat, antworte ich: „Waschmaschinen!"
„Wie langweilig", sagt Ebru.
„Das kommt darauf an", entgegne ich, „denn ich verkaufe Waschmaschinen mit linksdrehenden Waschtrommeln." Und bei diesem Satz muss ich selber schmunzeln.
„Willst Du mich verarschen?" sagt Ebru verärgert.
„Nein, das gibt es wirklich, linksdrehende Waschtrommeln", sage ich ernst, „wir hatten deswegen extra ein Seminar in der Zentrale in Bocholt, wo die Marketing-Heinis uns erklärten, dass schmutzige Wäsche in linksdrehenden Waschtrommeln sauberer wird."
Ebru schaut mich verdutzt im Rückspiegel an. Ich erinnere mich an das Sprichwort, dass eine Lüge tausende weitere Lügen produziert, und erkläre ihr: "Das hat mit der Erddrehung zu tun. Wissenschaftler am Massachusetts Institute of Technology in den USA haben herausgefunden, das Schmutzwäsche, die sich während des Waschvorgangs gegen die Erddrehung bewegt gründlicher und effektiver gereinigt wird und das man beziehungsweise frau etwa 20 Prozent Waschmittel einspart."

Ebru scheint noch immer nicht überzeugt zu sein.
„Durch die Linksdrehung der Waschtrommel werden auch 15 Prozent weniger Wasser zur Reinigung gebraucht, das ist voll das Verkaufsargument. Das hängt angeblich mit Ebbe und Flut zusammen, aber so richtig habe ich das auch nicht verstanden“, beende ich meinen Vortrag.
Ebru lächelt, aber eine linksdrehende Waschtrommel würde sie mir wohl nicht abkaufen.
„Okay“, beginne ich nun zaghaft mein Einverständnis für die Tour nach Sylt einzuleiten, „wenn Du genug Geld für den Sprit dabei hast, dann können wir nach Sylt fahren.“
Ebru strahlt: „Na, geht doch“, sagt sie, „dann lass uns an der nächsten Raststätte eine Pause machen, ich lade Dich ein.“
Das hätte ich jetzt nicht erwartet, von einer Türkin mit blau geschlagenem Auge zum Essen eingeladen zu werden. Die Fahrt nach Sylt beginnt interessant zu werden. Da kann das lesbische Fiasko in Münster erst mal warten. Das Hinweisschild für den nächsten Rastplatz erscheint am Autobahnrand wie gerufen. Ich drossle das Tempo und biege in die Ausfahrt zum Rasthof ab.
Als Ebru und ich durch die Eingangstür gehen, um uns einen schönen Platz im Restaurant auszusuchen, registriere ich die erstaunten und entsetzten Blicke des Kassenpersonals sowie der Kunden, die an den Tischen sitzen. Das scheint hier nicht alle Tage vorzukommen, dass ein Pärchen eintritt, bei der die Frau ein zugeschwollenes, blau-grün leuchtendes Augenlid zeigt, offensichtlich verprügelt von ihrem Macker, wobei ICH der Prügel-Macker für den Pöbel hier zu sein scheine! Dabei würde ich nie eine Frau schlagen, ich habe doch Fachabitur. Ebru schaut mich an und lächelt.
„Schatz, ich geh mal kurz auf Toilette“, sagt sie übertrieben laut zu mir, so dass nun wirklich alle Anwesenden glauben, dass ich das Arschloch bin, das sie so zugerichtet hat. Kokett tänzelt sie Richtung Toilette. Langsam wird mir klar, warum ihre Brüder sie

verdreschen, so frech, wie die ist. Ich stelle mich ans Buffet, wo mir ein neongelber Zettel ins Auge springt: *Heute Fernfahrer-Frühstück nur 4,95 Euro!*
Das hört sich gut an und ich frage die diensthabende Buffet-Facharbeiterin: „Was ist denn das, ein Fernfahrer-Frühstück?"
„Na wennse ein Fernfahrer wärst, würdste nich fragen", sagt sie kumpelhaft zu mir und ich schau Sie böse an, weil so blöd will keiner abserviert werden, schon gar nicht an einem Stehausschank in einem schäbigen Rasthaus an der A3. Die Feinkost-Sachbearbeiterin bemerkt meinen Groll und schaltet einen Gang zurück, womöglich hat sie Angst, dass ich ihr eine klatsche, so wie meiner Frau: „Sorry, dat steht alles hier drauf", sagt sie schnell und gibt mir eine kleine, fettige Speisekarte. „Warum nicht gleich so?", sage ich und ich studiere die verschmierte Karte. „Fernfahrer Frühstück: Spiegelei, Grillspeck, Würstchen und Bratkartoffeln" steht dort geschrieben, Holländer Frühstück, Pariser Frühstück und Truckstopp Frühstück gibt es ebenfalls, aber alles teurer als das Fernfahrer Frühstück. Also entscheide ich mich für das Fernfahrer Menü, da ich das Reise-Budget meiner frechen Türkin nicht überstrapazieren möchte.
„Und, äh, Ihre, äh Frau, was nimmt die?", fragt mich die System-Gastronomin vorsichtig. „Das sagt sie Ihnen gleich selber", sage ich immer noch zornig, woraufhin die Kaltmamsell sich schnell wegduckt, um meinen Teller vorzubereiten. Ich setze mich an den nächstbesten Tisch und warte auf Ebru und mein Fernfahrer Frühstück.
Und wie ich da so sitze, kommt mir der Gedanke, dass das hier und jetzt ja fast schon ein Date ist. Ein Date mit einer verprügelten Türkin.

Die Liebe ist das große Thema in meinem Leben und natürlich auch ihr Misslingen. Obgleich mir gerade schwant, dass meine Suche nach der Richtigen irgendwie dieser schmalzigen Menü-Karte in der Raststätte gleicht.

Ich kann aussuchen, was mir gefällt, entweder Rührei oder Spiegelei, Kaffee oder Tee, doch je mehr ich aussuchen kann, um so weniger kann ich mich für das Eine entscheiden! Aber morgen ist bekanntlich ein neuer Tag und dann gibt's halt Kaffee statt Tee, so ist das, wenn Mann alle Möglichkeiten hat. Ich richte mich da frei nach Oscar Wilde, der bekanntlich einen ganz einfachen Geschmack hatte: "Immer nur das Beste". Aber vielleicht ist diese Maxime der Grund, dass ich immer noch Single bin. Ich bin wohl doch zu anspruchsvoll. Es stimmt ja, die endgültige Wahl bleibt aus, ich schwanke hin und her zwischen den unzähligen spontanen Entscheidungen, die ich ohne Konsequenzen zurücknehmen kann. Irgendwie erinnert mich das an meine Einkäufe bei Amazon. Dort erscheint ja auch bei jedem Kauf der Spruch: „Kunden, die diesen Artikel gekauft haben, kauften auch ...". Genau so geht es mir, wenn ich eine nette Perle kennenlerne. Dann denke ich nach kurzer Zeit, dass es vielleicht doch eine bessere, schönere, nettere Frau im Sortiment gibt.
Zum Glück tritt in diesem Moment Ebru aus dem Waschraum, so dass ich wieder auf andere Gedanken komme. Ebru beeindruckt den ganzen Saal mit ihrer atemberaubend schönen Figur. Ihre schlanken, langen Beine schwingen in der hautengen Jeans in einem harmonischen Rhythmus, der auch ihre Brüste leicht pendeln lässt. Sie hat nun einen dunkelroten Lippenstift aufgetragen. Ihr langes, schwarzes Haar ist zu einem Zopf gebunden. An den Ohren baumeln große, goldene Ohrringe. Sie sieht jetzt mehr wie Nicole Scherzinger aus, nicht wie eine unterdrückte Türkin.
Ebru legt ihre Handtasche auf den Tisch und setzt sich mir gegenüber. „Pass gut auf die Tasche auf, da ist mein Geld drin", sagt sie, erhebt sich wieder und geht zum Buffet. Ich sehe aus der Distanz, dass sie nur Grünzeug, Joghurt und Obst auf ihr Tablett häuft, allerdings soviel, dass es bei den Raststättenpreisen hier bestimmt um die 50 Euro kosten müsste. Ebru erweckt den Eindruck, als ob sie am

Verhungern sei. Wieder drehen sich die Mitbürger an den Nachbartischen zu mir herum, tuscheln miteinander und schauen mich verächtlich von der Seite an, so als ob ich der Grund für Ebrus Hungerattacke bin.
Ebru kommt zurück, schnappt sich ihre Tasche und bezahlt alles, auch mein Frühstück. Sie setzt sich wieder zu mir und beginnt wortlos vier 125g Becher Kefir, einen großen Teller Nizza-Salat und schließlich drei Bananen und fünf Äpfel zu verschlingen. Ebru bemerkt meinen skeptischen Blick und sagt: „Sorry, aber ich habe seit zwei Wochen nicht mehr richtig gegessen. Meine Brüder haben mich immer in die Abstellkammer in der Wohnung meiner Eltern eingeschlossen. Ich durfte nur zum Putzen aus der Kammer oder wenn Gäste meiner Eltern zu Besuch da waren. Die musste ich dann bedienen. Etwas von den Essensresten haben mir meine Brüder dann in einem Plastikeimer in meine Putzkammer gestellt. Ich habe nur wenig davon gegessen und danach alles wieder in den Eimer gekotzt. Zur Strafe hat mein Vater mich dann geschlagen, er schlug allerdings nie so feste zu, wie meine Brüder.“
Während Ebru das erzählt, lege ich langsam Messer und Gabel zurück auf den Tisch. „Mir ist der Appetit vergangen", sage ich ihr. „Tschuldigung, das wollte ich nicht“, sagt Ebru und schaut mir schuldbewusst in die Augen, sie erzählt dennoch weiter: „Meine beiden älteren Schwestern sind mit Türken aus dem Nachbardorf meines Vaters verheiratet worden. Ich sollte als Nächste heiraten; ich und meine Brüder waren auf dem Weg in die Türkei, als ich vorhin in deinen Wagen flüchten konnte.“
Ohne etwas zu sagen, stehe ich auf und gehe zur Toilette.
So ein Elend ist einfach zu viel für mich. Man möchte vor lauter Wut dem erstbesten Türken in die Fresse hauen. Ich halte mein Gesicht unter den kühlen Wasserstrahl des Wasserhahns. Danach beruhige ich mich wieder und gehe zurück zu Ebru. Sie lächelt mich an, als ich mich wieder hinsetze. „Na ja, ich lebe ich ja noch, wie Du siehst“, sagt

sie zu mir, um mich zu trösten, obwohl Ebru eigentlich allen Trost dieser Erde bräuchte.
„Immerhin, ein Kopftuch musste ich nie tragen“, sagt Ebru aufmunternd, „aber Schminke oder Tampons waren natürlich tabu. Meine Brüder haben mich immer direkt von der Schule abgeholt. Tanzen, Disco, Sport und so weiter gab´s für mich nie.“
„Aber warum bist Du nicht früher weggelaufen?“, frage ich Sie, „das hält doch keiner länger als drei Tage aus, so scheiße, wie sie dich behandelt haben.“
„Ja ich weiß, das ist schwer zu verstehen, für Euch Deutsche“, sagt Ebru. „Aber meine Familie lebt nach anderen Sitten und Vorstellungen, als den deutschen. Es geht hier um die Familienehre. Als meine Mutter merkte, dass ich einen Freund hatte, war ich für sie nur noch die Nutte und Schlampe. – Dass ich jetzt abgehauen bin, ist der vollständige Bruch mit meiner Herkunft, es gibt kein zurück mehr“, sagt Ebru.

Mir bleibt plötzlich der Grillspeck im Rachen stecken. Wenn Ebru nicht mehr zurück kann, habe ich sie am Hals und obendrein ihre Brüder, Onkel und Neffen, die die Familienehre wieder herstellen wollen. Das ist hier nicht nur ein Date mit einer Unbekannten, das kann auch ein Date mit dem Tod werden. Ich zucke bei diesem Gedanken zusammen und überlege, ob es sich lohnt, für Ebru zu sterben. Schön ist sie ja, das lässt sich nicht wegdiskutieren.

Mittlerweile drücken und drängeln in meinem Darm die Würstchen und Bratkartoffeln des Fernfahrer-Frühstücks, sie wollen alle wieder raus in die Schüssel. Ich flitze zum Lokus. Das Fernfahrer-Frühstück presst sich wohl verarbeitet aus dem Enddarm in die Kanalisation.
Gerade als ich die Grundreinigung meines Allerwertesten beendet habe, höre ich Schreie und lautes Rufen aus dem Fress-Saal. Der Stimme und Tonlage nach ist es Ebru, die

dort kreischt. Ich ziehe die Hose hoch und renne, ohne meine Hände zu waschen, zum Toilettenausgang. Als ich die Türe öffne, sehe ich, wie Ebru von zwei Männern festgehalten wird. Der eine, Typ Bodybuilder, zieht an Ebrus Händen, der andere, Typ Dirk Bach mit Dönerbauch, hat ihre Füße ergriffen. Es sieht so aus, als ob die beiden Ebru in der Mitte zerreißen wollten. Ebru wehrt sich aus Leibeskräften, sie schwingt hin und her und versucht, in die Hand des Kerls, der ihre Hände festhält, zu beißen. Die Kaltmamsell von der Frische-Theke schaut erschreckt zu, so wie die anderen Gäste an ihren Tischen, aber keiner greift ein. Ich überlege kurz, mich auf den kleineren der beiden Männer zu stürzen, aber ich kann weder Karate noch Muy Thai, so dass ich diesen Gedanken sofort vergesse. Also verbleibt mir nur die größte Form der Amtsanmaßung. Ich eile zu dem besagten kleineren Typen, der mit dem Rücken zu mir steht und Ebrus Füße festhält. Ich zücke meinen Schlüsselbund, drücke ihn in den Rücken des Kleinen und rufe laut: „Hände hoch! Polizei!"
Der Kleingeratene zuckt vor Schreck zusammen, er lässt Ebrus Füße los, die daraufhin auf den Boden knallen, und hebt die Hände hoch. Ich schaue zum Bodybuilder und rufe ihm zu: „Lassen Sie die Frau los, oder ich schieße!" Daraufhin lässt auch er die Hände frei von Ebru, die nun regungslos zwischen den beiden Männern steht und offensichtlich selber so überrascht ist, dass sie, trotz wieder gewonnener Freiheit, einfach stehenbleibt. Als sich dann zwei Mitarbeiter des Küchenpersonals in ihren verschmierten Kitteln erbarmen und zu mir gesellen, um mir, dem *Polizisten,* zu helfen, scheint die Situation geklärt zu sein.
„Komm rüber", sage ich zu Ebru und gebe ihr den Wagenschlüssel.

„Starte schon mal die Karre, ich komme nach", sage ich cool wie ein Hauptkommissar von der Drogenfahndung.

Ebrus Brüdern befehle ich, sich langsam hinzulegen, mit dem Gesicht zum Boden und den Händen auf dem Rücken. Sie tun dies, da ich mit den zwei Küchengesellen neben mir zweifellos in der Überzahl bin. Als die beiden Türken endlich auf dem Boden liegen, der Längere von den beiden scheint mal einen Bandscheibenvorfall erlitten zu haben, so steif, wie der zu Boden geht, sage ich zu dem Raststättenpersonal, dass ich nach draußen gehen werde, um die Handschellen zu holen. Sie nicken hilfsbereit, wobei ich erst jetzt bemerke, dass beide Küchenhelfer ziemlich große, blutige Schlachtermesser in ihren Händen halten.
„Übrigens, das Fernfahrer-Frühstück schmeckt echt klasse", erwähne ich beim Rausgehen.
„Das ist meine Kreation", sagt einer der Küchenhelfer sichtlich stolz und schaut seinen Kollegen triumphierend an.
Draußen steht schon mein Fluchtwagen mit laufendem Motor bereit, allerdings mit Ebru am Steuer, was mir nicht gefällt, aber es hilft nichts, da muss ich durch. Ich reiße die Beifahrertür auf und springe ins Auto.

4

Kaum eingestiegen verpasst Ebru mir einen feucht fröhlichen Schmatzer auf die Wange. Bevor ich was sagen kann, tritt sie das Gaspedal durch und wir rasen mit hundertachtzig Sachen über die Autobahn.

Ebru verstellt, während wir über den Asphalt fliegen, den Sitz auf ihre Größe, sie wirkt entspannt trotz der Randale mit ihren Brüdern. Beiläufig kramt sie ihr Handy aus der Tasche und legt es auf das Armaturenbrett. Sie blickt kurz nach rechts auf die Mittelkonsole und drückt dort auf einen silbernen Knopf. Dann dreht sie die Umrandung des Knopfes, so dass der Pfeil auf dem kleinen Konsolenmonitor ins Telefonmenü hüpft, danach weiter auf den Unterpunkt Bluetooth und letztendlich auf Verbindung. Ebru tippt einen vierstelligen Code ein, den sie auf ihrem Smartphone wiederholt. Schließlich aktiviert sie, wieder mit dem Knopf in der Mittelkonsole, die Bluetooth-Verbindung im Audiomenü.
Ich muss ihr dabei ziemlich dämlich zugeschaut haben, denn Ebru fragt mich: “Stimmt was nicht?“
„Doch, doch, alles in Ordnung. Ich bin nur überrascht, wie gut Du dich mit meinem Wagen auskennst.“
„Wir Türken stehen auf Technik made in Germany“, sagt sie und grinst. Es ist mir ein Rätsel, wie Ebru bei ihrem bisherigen Lebenswandel als Leibeigene ihrer Familie das iDrive System eines BMWs erlernen konnte, aber die Anatolen lernen das wahrscheinlich schon im Mutterbauch.

„Es ist besser, die Autobahn zu verlassen", sagt Ebru, „denn meine Brüder werden sich auf dem Rastplatz nicht lange aufhalten lassen.“
„Okay, lass uns runter von der Rennstrecke“, sage ich, in

der Hoffnung, dass ich dann eher die Chance haben werde, wieder ans Steuer zu kommen. Wir nehmen die nächste Ausfahrt, die direkt auf eine Bundesstraße führt. Ebru befolgt nun strikt die Höchstgeschwindigkeit von 80 km/h und meine Herzfrequenz pendelt sich langsam auf einen von der gesetzlichen Krankenkasse empfohlenen Richtwert ein.

Dann fummelt sie wieder an dem kleinen silbernen Rad auf der Mittelkonsole. Sie schaltet im Media-Menü vom WDR-Sender auf den synchronisierten Musikordner ihres Handys und klickt auf ein Album von Pink.
„Da Du gerade dabei bist, kannst Du ja im Navi schon mal Westerland eintippen", sage ich zu ihr. Kaum ausgesprochen switcht Ebru ins Navigationsmenü, allerdings mit der Einschränkung: „Mach Du das, ich muss auf den Straßenverkehr achten."
Ich schlucke nervös, denn mit dem Menü-Knopf des Wagens kenne ich mich gar nicht aus.
Ebru scheint das zu spüren: „Schau Dir das Buchstabenfeld im Display an, das ist alphabetisch, da brauchst Du nur den Rand des Knopfes zu drehen, bis der Pfeil auf den gewünschten Buchstaben zeigt und dann den Knopf in der Mitte drücken. Damit markierst Du den Buchstaben und Du kannst danach den nächsten anpeilen."
Bevor meine Tarnung als Handelsreisender mit Firmenwagen vollends auffliegt, lüge ich hastig: „Das Navi-Menü fand ich schon immer viel zu kompliziert."
„Mmh", summt Ebru zustimmend, aber ich kann ihren Zweifel aus dem Summen heraushören.
Nach ein, zwei Tippfehlern habe ich es geschafft, den Zielort Westerland auf Sylt mit dem Drehknopf zu schreiben und ich lausche erleichtert, wie das Navi mein Getippse mit einer erotischen Frauenstimme vorliest und dann die Route ausrechnet.
Dass der Mensch den Maschinen unterlegen ist, merkt

man doch immer wieder an solchen Kleinigkeiten.

Kaum habe ich diesen philosophischen Gedanken zu Ende gedacht, knallt irgendetwas hinten in unsere Karre rein. Ich halte mich instinktiv am Sitz fest, weil wir einen Satz nach vorne machen. Ebru sieht erschreckt in den Rückspiegel: „Scheiße, meine Brüder“, ruft sie. Ich schaue zurück und erkenne einen schwarzen Mercedes, der nun wieder auf unser Hinterteil zielt, um zum zweiten Stoß anzusetzen. Um das zu verhindern, drückt Ebru das Gaspedal bis zum Anschlag durch und ich plumpse wieder in meine natürliche Sitzposition. Zum Glück ist die Bundesstraße nur wenig befahren, denn Ebru rast nun ohne Rücksicht auf Verluste über den Asphalt. Natürlich hängt der Benz noch hinten dran, aber wir haben einen vernünftigen Abstand zu ihm. Ebru überholt gekonnt zwei Hybrid-PKWs. Ich hoffe, sie hat irgendwann einmal ein Fahrsicherheitstraining beim ADAC gemacht.
Und wieder stelle ich fest, dass sie ziemlich ruhig hinterm Steuer sitzt. Ich bekäme bei dieser Geschwindigkeit einen Tunnelblick und mein Hirn würde in einen steinzeitlichen Modus zurückfallen, aber Ebru bleibt trotz Raserei gelassen und sie beobachtet links und rechts die Umgebung, so als ob sie einen Ausweg sucht.
Von roten Ampeln lässt sie sich mittlerweile auch nicht mehr beeindrucken, sie brettert weiter und spielt mit meinem Leben und dem der anderen Autofahrer.
Plötzlich scheint sie etwas entdeckt zu haben, das uns helfen könnte. Sie bremst brutal den Wagen auf etwa 20 km/h und biegt in eine Einbahnstraße ab. Dort gibt sie wieder Gas und wir rasen durch eine verkehrsberuhigte Straße mit verschlafenen Einfamilienhäusern am Straßenrand.
„Hast Du das Schild gesehen?“, fragt Ebru.
„Nein, welches meinst Du?“
„McFit!“
„Ach so, willst Du jetzt trainieren gehen?“

„Nee, aber so was Ähnliches", sagt Ebru geheimnisvoll.
Sie schaut wieder in den Rückspiegel.
„Sie sind immer noch an uns dran."
Aber anstatt weiter Gas zu geben, wird Ebru langsamer, so als wolle sie sich ihren Brüdern ergeben. Die scheinen das auch zu glauben, denn anstatt uns noch mal einen Tritt in den Arsch zu geben, fahren sie ruhig hinter uns her.
Nach einigen hundert Metern gemütlicher Fahrt liegt die McFit Filiale vor uns. Ebru parkt auf dem für Fitness-Kunden reservierten Parkplatz. Plötzlich reißt sie an ihrem T-Shirt herum; sie zerfetzt es und zerrt das linke Armstück heraus.
„Hör gut zu", sagt sie. „Ich gehe jetzt da rein. Du verriegelst das Auto von innen. Beobachte den Eingang des Studios. Wenn ich wieder zurückkomme, lass mich rein und dann gib Gas!"
Bevor ich auch nur ein Wort der Bestätigung sagen kann, drückt Ebru die Fahrertür auf und rennt zum Eingang. Der Mercedes ihrer Brüder stoppt kurz darauf hinter meinem BMW. Ich rutsche auf den Fahrersitz und verriegle die Türen.
Einer der Brüder steigt aus und geht in meine Richtung. Er zieht am Türgriff, doch die Tür bleibt zu. Er schaut in das Wageninnere und sieht nur mich. Plötzlich schlägt er auf das Autodach. Ich zucke zusammen.
„Wo Frau?", brüllt er. Weil ich ihm nicht schnell genug antworte, haut er zur besseren Verständigung noch zweimal auf das Autodach. Ich zeige in die Richtung des McFit Eingangs.
„Frau da?", fragt er. Ich nicke. Sein Bruder steigt nun auch aus. Sie reden kurz miteinander und gehen gemeinsam ins Fitness-Studio.

Ich trete nervös auf dem Gaspedal herum und beobachte den Eingang. Ebru ist jetzt schon fünf Minuten in der Muckibude. Wenn ihre Brüder sie dort zu fassen kriegen, machen Sie Kebab aus ihr. Vielleicht versteckt sie sich im

Damenklo, da trauen sich die zwei Derwische bestimmt nicht rein.

Aber halt, was wäre, wenn ich jetzt einfach losfahren würde?
Ohne Ebru!
Ab nach Münster, wo ich von Anfang an hin wollte. Ich hätte ein Problem weniger in meinem Leben.
Ebru würde in einem schicken Mercedes von ihren Brüdern in die Türkei gefahren werden. Dort angekommen erwartete sie ein netter, stolzer Türke in seiner regionalen Tracht, mit Ayran und Köfte in den Händen, sie würden heiraten, zwei Kinder bekommen und glücklich (Ebrus Ehemann) oder unglücklich (Ebru) bis an ihr Lebensende in einem beschaulichen Dorf in Anatolien leben.

Ich könnte jetzt einfach losfahren. Aber ich mache es nicht.
Warum nicht?
Weil ich Ebru mag. Sie ist verführerisch und raffiniert. Sie macht, was sie will. Sie hat Stil und ist rücksichtslos. Wie Lara Croft, oder die Lätta-Frau, oder Biene Maja oder, oder, oder ...
Alles tolle Frauen, für die es sich lohnt, ein paar aufs Maul zu kriegen.
Dann sehe ich Ebru aus dem Eingang herauskommen. Ohne Eile, mit einem Lächeln im Gesicht und ihrem zerfetzten T-Shirt am Leib, kommt sie auf den Wagen zu. Ich öffne die Beifahrertür. Ebru steigt ein und sagt in entspanntem Ton: „Fahr los."
Ohne Hektik gebe ich Gas. Ebrus Lässigkeit ist ansteckend.
„Was ist mit Deinen Brüdern?", frage ich.
„Die kriegen gerade die Fresse poliert."
„Äh, und wieso?"
„Ich habe den Bodybuildern im Studio gesagt, dass die

zwei Typen mich vergewaltigen wollen. Mit dem zerrissenen Shirt am Körper und meinem lädierten Auge musste ich nicht viel erklären."
„Du bist ein Luder."
„Jawoll, ein cleveres Luder", sagt Ebru und lächelt mich an.

Ebru holt ihre kleine Sporttasche unter dem Fahrersitz hervor und zieht ein weißes T-Shirt heraus, dass ehrlich gesagt eher wie ein kurzes Nachthemd aussieht. Sie entledigt sich ihres zerfetzten Hemdes und zieht das Nachthemd über.
Atemberaubend, denke ich kleinlaut, als ich einen Blick auf ihren, nur mit einem BH bedeckten, Oberkörper werfe. Ebru lächelt kurz, als sie meinen notgeilen Blick spürt.
Plötzlich vibriert und musiziert Ebrus Handy in der Sporttasche. Wenn ich es richtig sehe, schaltet sich das Ding gerade von selber aus.
„Scheiße, mein Akku ist leer", sagt Ebru mit entsetzter Stimme, „ich brauche Strom."
„Kannst Du nicht per USB den Akku aufladen?", frage ich und bemühe mich professionell und abgeklärt zu klingen, weil das mit dem Aufladen habe ich kürzlich in der Autobild gelesen.
„Nee, ich habe keinen Adapter dabei, ich brauche echte 220 Volt."
„Na, dann müssen wir an der nächsten Tanke mit Stromanschluss anhalten."
„Ich habe eine bessere Idee", murmelt Ebru und betatscht wieder den kleinen, magischen Knopf in der Mittelkonsole. Sie dreht den Zauberlehrling so weit, dass der Pfeil im Display auf dem Feld 'Suche' zum Stehen kommt. Dann buchstabiert sie mit dem Multifunktionsknopf das Wort 'Hotel' und klickt zur Bestätigung auf 'Suche starten'.
In wenigen Sekunden zeigt der kleine Klugscheißer drei Hotels in unserer Nähe an. Das Nächstgelegene wird

sogleich auf dem Navi als Ziel vermerkt und Ebru braucht nur wieder auf das kleine Glücksrad zu drücken und schon spricht die Navi-Fee das neue Fahrtziel aus, inklusive aller notwendigen Fahrtrichtungen. Ich würde gern mal wissen, mit welcher Note mein Auto das Abitur bestanden hat.
Aber noch interessanter wäre es zu erfahren, warum Ebru jetzt in ein Hotel will. Zum Akkuladen reicht doch eine Steckdose auf dem Rastplatz. Bezahlen könnte ich das Hotelzimmer sowieso nicht. Wovon auch? Die paar geklauten Münzen von dem Tankstellen-WC reichen höchstens für ein Etagenbett in der Bahnhofsmission.
„Keine Angst, ich bezahle das Zimmer. Ich brauche jetzt erstmal Ruhe. Ich muss nicht nur mein Handy aufladen, sondern auch meinen persönlichen Akku“, sagt Ebru, als ob sie meine Gedanken lesen kann.
Es klingt plausibel. Und eine gemeinsame Nacht mit Ebru in einem Hotelzimmer stelle ich mir echt sexy vor. Sie hat bestimmt Nachholbedarf.
„Aber mach' Dir keine Hoffnungen“, sagt sie, „ich werde zwei Einzelzimmer buchen, ohne Verbindungstür.“
Das mit dem Gedankenlesen hatte ich wohl schon erwähnt. Ebru scheint eine Meisterin darin zu sein. Vermutlich ticken wir Männer alle gleich und sind deshalb für die weiblichen Bewohner dieses Planeten durchschaubar wie ein Wodkaglas.
Bei diesem Gedanken biegen wir auch schon in die Hoteleinfahrt ein. Ich parke den Wagen konspirativ im Hinterhof des Hotels. Wir steigen aus und gehen um das Gebäude herum zum Haupteingang, dort begrüßt uns allerdings ein unfreundliches Schild: *Ausgebucht - keine Zimmer frei.* Und zur Verdeutlichung auf Englisch: *No vacancies.*

Ebru sieht mich enttäuscht an, doch gerade, als wir zum Wagen zurückgehen wollen, springt die Eingangstür des Hotels auf und ein junger, blasser, rothaariger Lakai, der glatt als Double von Ronnie McDonald durchgehen

könnte, kommt heraus und sagt, dass wir an der Rezeption erwartet würden.
Ebru und ich werfen uns ein paar fragende Blicke zu. Ebru zuckt kurz mit den Schultern, nimmt meine Hand und zieht mich sanft in die Lobby. Dort empfängt uns eine sympathisch lächelnde Mittdreißigerin, gehüllt in einem glänzenden, dunkelblauen Hoteldress:
„Wir können Ihnen ein Doppelzimmer anbieten, es ist gerade telefonisch abgesagt worden."
Bevor Ebru irgendetwas sagen kann, rufe ich hastig:
„Interessant, zu welchem Preis denn?"
„120,- Euro pro Nacht."
„Mit Frühstück?"
„Ja, inklusive."
„Nehmen wir", brülle ich fast schon und Ebru lässt meine Hand los und ich lüge verzweifelt: „Schatz, es ist Messe, wir werden kein freies Hotel mehr in dieser Gegend finden."
„Ja, das stimmt", sagt die Rezeptionistin und sie erscheint mir in diesem Moment wie ein Engel, vom Himmel heruntergeladen.
Ebru schaut mich ungläubig von der Seite an, sie überlegt kurz und sagt leicht verstimmt: „Okay, für eine Nacht wird's schon gehen."

5

Natürlich bezahlt Ebru das Zimmer in bar. Möchte mal wissen, wie viel Geldscheine sie in ihrer Tasche gebunkert hat.
Als uns der Hotelboy das Zimmer aufschließt und ich einen ersten Blick hineinwerfe, entfährt mir ein pubertäres „Geil!"
Ein riesiges, plüschiges Doppelbett macht sich an der rechten Wand breit. Gegenüber, auf der Kommode, thront ein XXL-Fernseher, der fasst so groß ist wie das Fenster, das den Blick zum Hinterhof des Hotels freigibt. Alle Lampen des Raums glänzen in Schirmen aus gebürstetem Edelstahl. Die Möbel im geölten und gewachsten Erle-Imitat, mit Hochglanz Carbon Armaturen, versprühen eine romantische und weizenfarbige Landhaus-Atmosphäre. Nur die drei künstlichen Buchsbaumkugeln aus wetterfestem Kunststoff, verteilt auf die freien Ecken des Zimmers, wirken ein wenig deplatziert.

Ich blicke zu Ebru hinüber. Wohlwollend betrachten ihre Augen den Raum. Sie gibt dem Hotelpagen fünf Euro Trinkgeld, obwohl der nicht viel dafür getan hat. Ebru hat gute Laune. Das lässt mich auf eine fummelige Nacht mit ihr hoffen.

Als wir endlich allein sind, entschwindet Ebru ins Badezimmer unter die Regenwald-Dusche. Ich genehmige mir einen Wodka mit Brause aus der Mini-Bar und schalte den Fernseher ein. Der erste Kanal zeigt einen kleinen Werbefilm über das Hotel und anschließend die Programmübersicht. Kanal 101, der sich BlueChannel nennt, ist die Erotik-Ecke. Die brauche ich heute nicht. Ich zappe weiter und lande bei dem Videosender mit der "Musik zum Träumen".

Während einer Werbepause höre ich das Klimpern der

Schminke- und Cremetöpfchen aus Ebrus Badezimmer. Sie ist fertig mit dem Duschen. Ebru tritt in den Raum, eingehüllt im weißen Hotel-Bademantel, der ihre durch den Eimerfraß ihrer Familie schlank gehaltene Traumfigur so richtig zur Geltung bringt. Unsere Blicke kreuzen sich.

Ich würde ihr jetzt gerne den Bademantel vom Körper reißen und alles mit ihr nachholen, was sie im Familienknast nicht machen durfte, aber ihr Gesichtsausdruck sagt mir, dass auch bei mir erstmal die Dusche fällig ist.

Schnell geduscht und frisch rasiert schlüpfe ich in den bereitliegenden Bademantel. Ein kritikloser Blick in den ovalen Kristallspiegel lässt meine Blutwerte im Lendenbereich steigen. Ich zögere, weil allzu lüstern und gedankenlos möchte ich nicht vor Ebru erscheinen. Zur Ablenkung suche ich nach Badelatschen und finde welche neben dem kleinen Abfallkorb unter dem Waschbecken. Dermaßen zivilisiert gekleidet öffne ich die Badezimmertür und gerate in ein plötzliches Dunkel.

„Ebru“, rufe ich in die Finsternis, "ist die Sicherung raus?"
Keine Antwort.
Ich frage noch einmal in die Nacht und lausche: „Ebru?“
Wieder keine Rückmeldung.
Panik überfällt mich. Haben ihre Brüder uns gefunden?

Nachdem sich meine Augen an die Dunkelheit gewöhnt haben, schleiche ich ins Zimmer. Ich streife die Badelatschen wieder ab, weil die zu laut auf dem Boden quietschen.
„Ebru, wo bist du?“, flüstere ich in die Dunkelheit.
Irgendjemand hat den Fernseher ausgeschaltet. Ich taste mich bis zum nächsten Lichtschalter vor, treffe einen der drei Tasten und die beiden Nachtlichter neben dem Doppelbett leuchten auf. Dann sehe ich Ebru im Bett

liegen, die Bettdecke bis zum Kinn hochgezogen, schlafend oder so tuend als ob.

Entwarnung. Einhergehend mit der Erkenntnis: Das wird heute nix mit dem erotischen Dessert.
Schade, Ebru weiß ja gar nicht, was sie verpasst.
Vorsichtig hebe ich die Bettdecke hoch und schlüpfe neben Ebru ins Bett. Dann schlafe ich ein.

Ich muss mich gerade in einer Tiefschlafphase befunden haben, als ich spüre, dass irgendetwas über meinen Luxuskörper krabbelt. Da wir nicht in Köln-Chorweiler sind, schließe ich Kakerlaken instinktiv aus und ich öffne meine Augen. Nun ja, was ich dann erblicke, ist nicht irgendein Ungeziefer, sondern Ebrus Brustspitzen, direkt über meiner Nase.

„Ey, ich war gerade eingeschlafen", täusche ich meine Entrüstung über dieses abrupte Wecken vor.
„Kannst' gleich wieder einschlafen", sagt Ebru, wobei ihre festen, kleinen Brüste hypnotisierend auf mich einpendeln.
„Ich habe vergessen, mein Handy an die Steckdose zu stöpseln", sagt sie weiter.
„Ach ja, deshalb sind wir ins Hotel gegangen", sage ich ironisch.
„Genau", antwortet Ebru völlig unironisch.

Sie klettert über mich hinweg, steigt an meiner Seite aus dem Bett und fummelt ihr Handy aus der kleinen Reisetasche, die sie neben dem Fernseher platziert hatte.
Jetzt das Licht anschalten, aufstehen und meinen Bademantel loswerden denke ich, aber das wäre irgendwie billig oder anmaßend oder überrumpelnd oder dumm oder alles zusammen. Wir leben nicht in Bollywood.

Ebru verbindet ihr Handy mit der freien Steckdose neben dem Fernseher. Der Anblick ihrer nackten Silhouette im dunklen Grau des Zimmers löst zwar eine übermotivierte Schwellung bei mir aus, aber die wird diese Nacht von allein wieder verschwinden.

Das Frühstück am nächsten Morgen ist für die Hotelgäste ebenso interessant, wie es für die Landfahrer gestern in der Autobahn-Raststätte war: In ihren Gesichtern twittern die wildesten Fantasien beim Anblick von Ebrus blaugrün geprügeltem Auge.
Mir selbst fällt ihr geschwollenes Augenlid gar nicht mehr auf. Ich vermute, dass ich in Ebru nicht mehr ein Opfer sehe. Die Art und Weise, wie sie ihre Brüder in das Fitness-Studio lockte und dort verprügeln ließ, war abgeklärt und cool. Sowas wäre der Höhepunkt in jedem Tatort-Krimi gewesen.

Da Ebru und ich während des Frühstücks kein Wort miteinander wechseln, scheinen wir den morgendlichen Zuschauern erst recht begründeten Anlass zu geben, fortwährend über uns zu tuscheln und verstohlen zu uns herüber zu schauen.
Dabei ist mein Schweigen eher im One-Night-Stand begründet, der diese Nacht leider nicht stattfand. Ebru scheint ebenfalls über irgendetwas nachzudenken.

Dermaßen schweigsam setzen wir nach dem Frühstück unsere Fahrt im Auto fort, immer Richtung Sylt. Wir lassen kilometerlange Landschaften an uns vorbeiflitzen, schauen beide stumm geradeaus und im Radio läuft ein Liebeslied nach dem anderen.
Dabei fehlt eigentlich nur noch Regen für unsere miese Stimmung, aber die Sonne strahlt mit einem Dauergrinsen hoch am Firmament.

Was hatte es zu bedeuten, dass Ebru in der Nacht halbnackt über mich hinweg kletterte und ihre muffingroßen Brüste über mein Gesicht pendeln ließ?

Wollte sie mehr?
Dieser nicht vollzogene One-Night-Stand, ist das der Beginn einer platonischen Beziehung oder eine Fehlgeburt?
Warum fällt es einigen so leicht sich zu verlieben und den anderen eher nicht? Fragen über Fragen.

„Ich muss mal“, sagt Ebru plötzlich und ihre Worte lüften meine Grübeleien. Ich schaue kurz auf die Tageskilometer-Anzeige: 256 Kilometer. Eine ziemlich lange Schweigestrecke, die wir beide da zurückgelegt haben.
„Okay, da vorne ist ein kleiner Rastplatz“, sage ich und lenke den Wagen in die krumme Ausfahrt. Ich fahre langsam bis zum Ende des Parkplatzes.
„Halt an, hier ist das WC“, sagt Ebru.
Ich stoppe und bevor sie aussteigt, warne ich sie:
„Ich parke weiter hinten, dort wo die Bäume stehen, da kann man unsere Karre nicht von der Autobahn zu sehen.“
„Sicher ist sicher“, sagt Ebru und sie schenkt mir ein breites Lächeln.

Ich mache das Radio aus, aber den Motor lasse ich weiter laufen. Wir sind auf der Flucht und man kann nie wissen.
Auf dem Fußboden vor dem Beifahrersitz fällt mir Ebrus Tasche auf. Jetzt wäre eine gute Gelegenheit nachzuschauen, wie viel Geld sie dabei hat. Ich beuge mich herunter und öffne langsam den Reißverschluss der Tasche. Kaum habe ich den Zipper ein paar Zentimeter aufgezogen, da quellen auch schon die Scheine heraus. Fünfhunderter und Hunderter wild durcheinander. Das ist ein verdammtes Vermögen! Ich stopfe die Scheine hastig zurück und schließe die Tasche.

Als ich meinen Kopf wieder oben habe, sehe ich im Rückspiegel einen schwarzen Mercedes langsam auf das Toilettenhäuschen zurollen. Es kann natürlich reiner Zufall sein, dass dieser Benz mit leicht verbeulter Vorderfront direkt neben dem WC stoppt, aber die zwei Kerle, die aussteigen und in die WC-Anlage stürmen, haben eine frappierende Ähnlichkeit mit Ebrus Brüdern. Gebannt fixieren meine Augen den Ausgang des WCs. Die Brüder müssten Ebru jeden Augenblick entdecken und aus der Toilette schleifen.

Mein Herzschlag rast, ich schwitze wie Kebab auf dem Grill. Mir läuft der Angstschweiß in die Po-Falte.
Was soll ich tun?
Ich habe ein schnelles Auto und eine Handtasche mit sehr viel Geld. Das ist eindeutig der Jackpot meines Lebens. Ein kurzer und kräftiger Stoß aufs Gaspedal und eine neue Ära im Reichtum stünde mir bevor. Das Glückstor steht offen, ich brauche nur hindurchzugehen. Ich blicke kurz auf Ebrus Tasche. Was soll ich tun?
Plötzlich kommen Ebrus Brüder aus der Toiletten-Anlage. Ohne Ebru! Verdammt nochmal, wo ist sie hin?

Der größere der Brüder schaut auf sein Handy und schüttelt verständnislos seinen Kopf. Der kleinere sieht zu meinem Wagen herüber und geht langsam in meine Richtung. Der summende Motor der Karre ist nicht zu überhören, aber ausmachen bringt jetzt auch nichts mehr, denn der Große hat mich ebenfalls entdeckt. Er zieht irgendetwas aus seiner rechten Jackentasche heraus und folgt seinem kleinen Bruder zu meinem Auto.
Ich schließe die Türen von innen und lege den Rückwärtsgang ein. Beide Typen gehen jetzt genau auf meinen Wagen zu. Als sie bis auf drei, vier Meter herangekommen sind, erkenne ich den Schlagstock in der Hand des Großen. In seinem Gesicht blüht ein schönes Veilchen unter dem linken Auge, das von dem Vorfall im Fitness-Studio herrühren muss. Er ist nun im Partnerlook mit seiner Schwester.
Dann sehe ich im Hintergrund, wie Ebru aus dem

Toilettenhäuschen heraus rennt und in den Mercedes ihrer Brüder springt. Der Motor heult auf, sie gibt Vollgas und lenkt den Stern von Untertürkheim in meine Richtung, direkt auf ihre Brüder zu.
Ist das anatolische Selbstüberschätzung oder reine Dummheit, dass Ebrus Brüder den Schlüssel stecken ließen? Egal, für Ebru ist es ideal. Die beiden türkischen Superhirne schreien hysterisch und fuchteln wild mit ihren Armen herum. Es nutzt ihnen aber nichts, im allerletzten Moment hechten sie zur Seite, um sich in Sicherheit zu bringen. Ebru macht nicht den Eindruck, dass sie für ihre Brüder bremsen würde. Auch ich trete das Gaspedal bis zum Boden durch und fahre rückwärts auf den Mercedes zu. Ebru reagiert sofort und brettert haarscharf an mir und ihren Brüdern vorbei auf die Autobahn. Ich wechsle in den Vorwärtsgang und flitze dem Benz hinterher. Zum Glück ist die Bahn frei, denn Ebru rast wieder im High Speed Modus. Wir fahren volle Pulle auf der linken Spur und die Dacias und Nissans vor uns machen freiwillig Platz.

Nach ein paar Kilometern blinke ich Ebrus Benz per Lichthupe an. Sie antwortet mit ihrem Warnblinker und wechselt auf die rechte Spur. Wir cruisen daraufhin gemächlich mit den Hybridfahrern und den gasbetriebenen Familienkutschen auf der rechten Fahrbahn.
Als wir das Hinweisschild für eine Tankstelle passieren, lasse ich wieder das Fernlicht aufblitzen, um Ebru anzuzeigen, dass wir an der Tanke halten sollten, aber Ebru reagiert nicht. Sie hat einen anderen Plan.
Nach einer Viertelstunde wird mir das Hinterherfahren zu langweilig und mir fällt ein, dass ich Ebrus kleinen Goldschatz in meinem Wagen herumfahre. Als wieder ein Rasthof vor uns auftaucht, entscheide ich mich, dort rauszufahren. Kurz vor der Abfahrt werde ich langsamer und Ebru auch. Als ich dann wirklich abbiege, macht Ebru eine Vollbremsung und nimmt ebenfalls die Ausfahrt zur Raststätte.

Wir parken unsere Autos zwischen zwei LKW-Reihen und setzen uns auf die Bank, die am weitesten vom Restaurant entfernt ist.
„Ebru“, sage ich, „das ist doch kein Zufall, dass deine Brüder uns überall finden.“
„Ja, das ist mir auch schon aufgefallen“, sagt Ebru und schaut mich fragend an.
„Kann es sein, dass Deine Familie dein Handy orten kann? Als dein großer Bruder ohne dich aus dem WC kam, hat er ständig auf sein Handy geblickt und den Kopf geschüttelt.“
„Ach du scheiße, das kann echt sein“, sagt Ebru mit entsetztem Blick.
„Warum hat er dich dort nicht gefunden? Du warst doch auf Toilette, oder nicht?“
„Klar, ich musste ja mal Pipi, aber das kann ich auch auf dem Männerklo!“, sagt Ebru mit listigem Blick. Ein Glück für sie, dass ihre Brüder intellektuell eher bescheiden ausgestattet sind und nicht auf die Idee kamen, auf dem Herren-WC nach ihr zu suchen.
Ebru kramt ihr Handy aus der Hosentasche und schaltet es aus.
„Schade“, sagt sie, "das hatte mir mein Vater zum Geburtstag geschenkt." Sie wirft das Smartphone auf den Boden und stampft mehrmals mit dem rechten Fuß auf das Gerät, bis zuerst das Glas und dann das Gehäuse zerspringen.
„Es hätte gereicht, wenn du die SIM-Card herausnimmst“, sage ich besserwisserisch.
„Scheißt der Hund drauf“, sagt Ebru lächelnd, "ich kaufe mir ein Neues!“
„Geld genug hast du ja“"
„Ich werde mir ein iPhone kaufen!“
„Sind deine Brüder mehr hinter dir oder dem Geld her?“
„Ich schätze mal beides.“ Und bei dieser Antwort lacht Ebru laut und befreit auf. Sie genießt ihre Freiheit.

Ich dagegen würde jetzt gerne aussteigen als Fluchthelfer, weil ich kurz- und mittelfristig nicht mit verbeulter Fresse durch die Gegend laufen will. Der Anblick des Schlagstocks ihres Bruders hat mir gereicht.
„Ebru, ... äh, es ist, ... ähm, glaube ich besser, wenn sich unsere Wege hier trennen“"
„NEIN“, sagt Ebru überraschend laut, „du bist mein Bodyguard, meine Reiseversicherung, mein Chauffeur, mein Bettwärmer, alles, was du willst.“
Diese Interpretation meiner Rolle überrascht mich nun doch und ich entgegne ihr: „Du brauchst mich nicht wirklich, du bist listig, vorausschauend, clever und mindestens doppelt so klug wie deine Brüder.“
„Dreimal so klug würde ich sagen“, sagt Ebru und lacht frech.
„Gib mir ein paar Scheine aus deinem Tresor, für Benzin, und ich bin weg“, sage ich stur.
Doch Ebru antwortet wütend: "Du kannst mich nicht alleine lassen! Das mit der Reiseversicherung meine ich wörtlich. Du bist keiner von uns. Meine Brüder würden mir nie was antun, wenn Du dabei bist, weil Du den Bullen alles erzählen würdest. Du als Deutscher, du bist wie ein Zeugenschutzprogramm für mich. Außerdem werde ich alles tun, damit dir nichts passiert. Ich schwöre ...", und mit diesen Worten stellt sich Ebru direkt vor mich hin, hebt ihre rechte Hand und schaut mich todernst an.

Ich muss zugeben, dass ich bis jetzt nicht wirklich zu Schaden gekommen bin. Im Gegenteil, ich habe in einem Hotel übernachtet, das ich mir nicht leisten kann, ich esse und trinke auf Ebrus Kosten und wer weiß, vielleicht lässt sie mich ja doch noch ran. Summa summarum gute Argumente für die Weiterfahrt nach Sylt.

„Also gut“, sage ich, "es ist ja nicht mehr weit bis zur Insel."
„Yep“, sagt Ebru frohgelaunt, „wir lassen den Mercedes hier und fahren mit deinem BMW weiter. Bis nach Niebüll ist es nicht mehr weit.“
„... Äh, bis wohin ist es nicht mehr weit?“
„N i e b ü l l, da fährt der Autozug los, Richtung Westerland!“

6

Wir sind jetzt Syltschützer. So steht es auf dem Ticket für den Autozug. Syltschützer gehören zur Gattung der Gutmenschen. Für einen Euro Zuschlag auf den Fahrpreis beteiligen wir uns am Küstenschutz für die Insel.
Die Verladung auf den Autozug verläuft chaotisch, da ich mich rücksichtslos an der Rampe vordrängle, um als erster auf den oberen Teil des Wagons zu fahren. Ich möchte eine schöne Aussicht auf das Meer, die Küste und Westerland haben, das kann ich als Syltschützer wohl verlangen.
Ebru war auf den letzten Kilometern vor Niebüll eingenickt. Mein Gehupe beim Vorpfuschen auf den Autotransportwagen und das Gerumpel des Wagens bei der Auffahrt wecken sie wieder.
„Sind wir schon da?“, fragt Ebru und gähnt.
„Nee, wir sind aber auf dem Zug. Schau mal nach draußen.“
„Enttäuschend“, murmelt Ebru, als sie die trostlose Gegend des Binnenlandes betrachtet.
„Warte ab, gleich sind wir auf dem Wasser. Warst du schon mal auf der Insel?“, frage ich sie.
„Nein, die kenne ich nur aus dem Fernsehen.“
„Ist für mich auch das erste Mal. Bin gespannt auf die Sansibar und die Whiskymeile“, sage ich aufgeregt wie ein Fünfjähriger. Ebru schmunzelt. Sie richtet sich auf, um nach dem Nickerchen wieder gerade zu sitzen.
„Hast du das Ticket bezahlt?“, fragt sie mich mit überraschtem Blick.
„Ja und nein, ich habe mir das Geld dafür aus deiner Tasche genommen.“
Ebru greift nach ihrem Beutel, zieht hastig den Reißverschluss auf, so als ob sie nachsehen will, ob noch alles da ist. Echt peinlich ihre Unterstellung.
„Bleib locker, die Fahrkarte kostet 102 Euro, hin und zurück. Hundert Euro habe ich aus deiner kleinen Tasche

genommen, zwei Euro sind von meinem Erspartem“, sage ich grinsend.
Ebru mustert mich schweigend von der Seite. Ich spüre ihren ernsten Blick, der auf mich lastet wie eine Überwachungskamera. Ich öffne das Seitenfenster. Ernste Blicke von klug-schönen Frauen, die mir verdeutlichen wollen, dass etwas falsch gelaufen ist, habe ich noch nie ausgehalten. Wir fahren jetzt auf dem Damm übers offene Meer. Einige Seemöwen kreischen über uns. Die schunkelnden Wellen der Nordsee reflektieren die Sonnenstrahlen wie eine Discokugel. Alles total romantisch. Ein Tag am Meer. Nur der Gestank nervt. Das Wasser und die salzige Luft riechen total bio, doch die beißenden Dieselabgase der vorgespannten Lok stinken erbärmlich.
Ich schließe das Fenster wieder und denke, dass es doch keine gute Idee war, so weit vorne auf dem Sylter Shuttle mitzufahren, das ist einfach zu nah an der Diesellok. Bei der Rückfahrt wird es anders, das schwöre ich.

„Ich muss dir jetzt was Wichtiges sagen“, unterbricht Ebru plötzlich ihr vorwurfsvolles Schweigen.
„Das Geld ist geklaut, nicht wahr?“, sage ich vorlaut und völlig unüberlegt.
Ebru schaut mich verdutzt an, aber der Satz ist raus, den kann ich nicht mehr aus dem Protokoll streichen.
„Stimmt, und Türkin bin ich auch nicht“, sagt Ebru wütend.

„Habe ich mir gedacht“, lüge ich, um meine Überraschung zu verbergen, denn eigentlich hörte sich ihre Story echt gut an. Ich bin ein Mensch, der anderen grundsätzlich erstmal alles glaubt, was sie von sich erzählen. Als Leichtgläubiger mit Hang zum Phlegma gehe ich davon aus, dass die kleinen Lügen oft enttäuschender sind als die großen. Und was Ebru betrifft, so muss ich mich vermutlich auf eine ganz große Lüge einstellen.

„Und?“, frage ich.
„Was und ...“, antwortet Ebru gereizt.
„Warum gibst du dich als Türkin aus und von wem hast du die Kohle geklaut?“
Ebrus Antwort ist Schweigen. Sie öffnet das Seitenfenster, schließt ihre Augen und hält ihr Gesicht in den Wind. Der Dieselqualm stört sie offenbar nicht. Das Sonnenlicht auf ihrer Haut lässt sie noch hübscher aussehen, als sie sowieso schon ist.
Vielleicht hat Ebru recht, schweigen ist manchmal besser als quatschen. Allerdings hat sie gerade mit einem Geständnis angefangen. Sie muss jetzt mehr liefern, um mildernde Umstände von mir zu bekommen. Ich halte sie für intelligent und gerissen genug, um zu wissen, dass ich eine Antwort von ihr erwarte.
Ein kluger Philosoph meinte mal, dass wir Probleme nur mit der Schaffung neuer Probleme lösen. Ebru scheint mittendrin zu sein in dieser Problem-Kettenreaktion.
Sie dreht ihren hübschen Schädel wieder ins Auto und wühlt dann mit beiden Händen in ihrer Tasche herum. Einige Geldscheine flattern auf ihren Schoß oder fliegen einfach aus dem Fenster. Dann hält sie eine Visitenkarte in ihrer linken Hand. Wortlos reicht sie mir das Kärtchen. Dicke Tränenperlen laufen an ihren Wangen herunter und befeuchten die auf ihren Knien gelandeten Geldscheine. Ebru weint, ohne zu schluchzen oder zu wimmern. Stumm bahnen sich die Tränen ihren Weg durch ihr Make-up. Ein Bild zum Mitheulen, aber aus irgendeinem Grund zweifle ich an der Echtheit ihrer Tränen.
Das Visitenkärtchen ist blutrot, in weißer Schrift steht dort: *Ivan holt ihr Geld zurück. Inkassobüro St. Petersburg.* Darunter eine Telefonnummer und ein Facebook-Daumen, der in einer Daumenschraube steckt.
Die Visitenkarte ist so unprofessionell gestaltet, dass mir sofort klar ist, dass der Firmeninhaber mehr vom Geldeintreiben versteht, als von Photoshop. Ivans Kunden

müssen sicherlich kein russisch sprechen, um zu wissen, dass der Tag der Abrechnung naht. Zumindest ist jetzt klar, dass Ebrus Problem nicht ihre anatolische Familie ist, sondern Ivan der Geldeintreiber mitsamt seinen beiden hochbegabten Assistenten.
„Okay, das Geld ist also nicht von dir“, bemerke ich kriminalistisch auf allerhöchstem Niveau.
„Es ist nur geliehen“, flüstert Ebru mit gesenktem Kopf.
„Das sagen alle Diebe, die erwischt werden.“
„Niemand hat mich erwischt!“, sagt Ebru wütend.
„Na ja, außer mir und die zwei Intelligenzbestien.“
„Du zählst nicht.“
„Danke!“
„Ich meine das nicht abwertend“, sagt Ebru. „Im Gegenteil, du hilfst mir, aus der Scheiße rauszukommen.“
„Nochmals danke!“
Eine vermutlich dumme und unausgegorene Idee bahnt sich plötzlich ihren Weg durch mein Kleinhirn:
„Wie wär`s mit einer angemessenen Beteiligung für meine Hilfe.“
„Vergiss' es, an dem Geld klebt Blut.“
Nice try, würde ein Angelsachse zu meinem Versuch sagen, aber Englisch hilft mir in diesem Fall auch nicht weiter.
Ich sehne mich an meine Info im Flughafen Düsseldorf zurück. 1.850,- Euro netto im Monat und ein paar nette Kolleginnen, das ist alles, was ich vom Leben verlange. Frei nach dem Motto von Gottfried Benn: "Dumm sein und Arbeit haben, das ist das Glück."
Stattdessen sitze ich mit einer verbeulten Diebin in einem geklauten Auto auf dem Weg nach Sylt. Das hört sich nicht nach großem Kino an, eher nach RTL-Sat1-ProSieben-Problem-TV mit Untertitel für Hörgeschädigte (auf Videotextseite 150).
„Ebru, wie soll das jetzt hier weitergehen?“, frage ich im Ton eines Peter Zwegat (*Raus aus den Schulden*).
„Ich heiße nicht Ebru“, motzt Ebru zurück.
„Okay, aber ich werde dich weiter so nennen. Dein echter

Name ist mir egal. Es ist besser, wenn ich nicht zuviel weiß."
„Du bist total der Schisser!"
„Ich bin Realist."
„Was ist denn real in dieser Welt?", schimpft Ebru. „Das Drecksgeld in meiner Tasche? Das ist nur bedrucktes Papier! Die Aldi-Uhr an deinem Handgelenk?" -
„Die ist von Lidl, mit Datumsanzeige!", werfe ich ein.
„Wie auch immer, die zählt auch nur die Zeit bis zu deinem Tod. Hier ist nix real, sondern alles nur virtuell", beendet Ebru ihren kleinen Vortrag. Scheint so, als ob sie irgendwo ein Semester in Existenz-Philosophie belegt hat. Sartre und Camus lassen grüßen.
Dagegen helfen jetzt nur Fakten: „Deine beiden Brüder, sind die auch nur virtuell?" Ebru schmunzelt.
„Nein", sagt sie, „die sind schon irgendwie echt. Aber auch echt bescheuert."
Wir lachen beide.
„Was ist mit Ivan, dem Geldeintreiber?"
„Der ist ein anderes Kaliber", antwortet Ebru ernst.
„Wieso?"
„Er ist der Vater meiner kleinen Tochter."

Rumms, das hat gesessen. Ich schlucke ein paar Mal, schaue in den Rückspiegel, setze mich gerade und weiß nicht, was ich sagen soll.
Ebru grinst wieder und sagt: „Na, enttäuscht?"
„Nee", sage ich eine Spur zu schnell, „aber es ist immer noch ein Familiending".
„Mehr oder weniger", murmelt Ebru leise vor sich hin, und wenn ich sie richtig verstehe, sagt sie noch: „Er ist der einzige Mann, der mich wirklich liebt."
„Aha, und warum sitzt du jetzt in einem fremden Auto, neben einem fremden Mann, ohne deine Tochter?" Mein Verhörtalent überrascht mich selbst ein wenig.
Ebru ist sprachlos.

Die Möwen über uns kreischen immer noch. Penetrant glitzern die Nordseewellen vor sich hin. Der Wind hat sich gedreht, die Lok stinkt nicht mehr so krass.
Unter anderen Umständen wäre das eine gemütliche Fahrt zu einer gemütlichen Insel im Meer.
Aber Ebru schweigt schon wieder. Ich werde das Gefühl nicht los, dass es in Sylt noch mehr Schwierigkeiten geben wird. Ebru hatte als Begründung angegeben, dass sie nach Sylt müsse, weil es dort keine Türken gibt. Nun gesteht sie, dass sie keine Türkin ist und mehr oder weniger alles gelogen war.
Ich schaue zu ihr rüber. Ebru hat die Rückenlehne ihres Beifahrersitzes nach hinten verschoben und ihre Augen wieder geschlossen. Dieser Totstell-Reflex scheint eine Marotte von ihr zu sein. So wie gestern, als sie im Bett den Eindruck erwecken wollte, dass sie fest am Schlafen sei. Ich muss gestehen, dass sie noch schöner wirkt, wenn sie sich schlafend stellt. Sie sieht dann aus wie ein verletzliches und scheues Mädchen. Vielleicht ist sie aber einfach nur eine gute Schauspielerin mit einem breiten Repertoire an trickreichen Verhaltensweisen. Ich werde es wohl oder übel herausfinden müssen. Das scheint die Rolle zu sein, die Ebru für mich vorgesehen hat.

7

Mit kreischenden Bremsen fährt unser Autozug auf Gleis 5 in den Bahnhof von Westerland ein.
Anlass genug für Ebru, ihre Augen wieder zu öffnen und erwartungsvoll um sich zu schauen. Sie gibt mir die blutrote Visitenkarte ihres russischen Finanzberaters und sagt: „Da müssen wir hin."
„Nach St. Petersburg?", frage ich erschrocken. „Nee, die Adresse steht hinten drauf."
Ich drehe das Kärtchen um, sehe etwas Handgeschriebenes und lese laut vor: „Ferienhaus Svenja, Käpt'n-Christiansen-Straße 12."
Ebru hört mit und programmiert das Navi, welches ohne nachzudenken eine Fahrzeit von fünf Minuten ausrechnet.
Es dauert dann doch eine Dreiviertelstunde, weil die Urlauber auf dem Autozug das Fahren verlernt haben und geradezu provozierend unbeholfen ihre Kombis, Vans und SUVs vom Zug lenken und dann die Ausfahrt blockieren.

Als wir in die Käpt'n-Christiansen-Straße einbiegen plärrt das Navi stolz: *Sie haben ihr Ziel erreicht.* Ebru ist plötzlich hektisch und nervös. Sie schaut mehrmals nach hinten, als ob sie sich vergewissern will, dass uns niemand gefolgt ist.
„Fahr' an dem Haus vorbei und parke 100 Meter weiter", befiehlt sie.
„Warum?", frage ich, „wartet etwa Ivan im Wohnzimmer auf dich?"
„Oder meine Brüder", flüstert Ebru verschwörerisch.
„Ich dachte, das sind nicht deine Brüder?"
„Bleiben wir einfach dabei", schnauzt Ebru, „du wolltest doch keine Details wissen." Recht hat sie, ich will lebend aus diesem Schlamassel raus. Ich stoppe am rechten Fahrbahnrand und schalte den Motor aus. Stille. Ebru schiebt die Tasche mit dem Geld unter ihren Sitz. Sie steigt aus und schlendert entspannt zum Ferienhaus. Langsam geht sie an dem Haus entlang, schaut unauffällig in den

Garten und lässt ihren Blick die Fassade hinauf klettern. Als sie sicher ist, dass niemand im Haus ist, kommt sie zurück.
„Scheint leer zu sein, die Bude“, sagt sie.
„Und, was jetzt?“, frage ich.
„Komm mit, wir haben ein neues zu Hause“, antwortet Ebru lächelnd, nimmt ihre Tasche und meine Hand und zieht mich aus dem Auto. Ich kann noch im allerletzten Moment den Wagenschlüssel abziehen. Wie ein verliebtes Pärchen im Urlaub flanieren wir Hand in Hand langsam auf das Haus zu. Ebru öffnet das Gartentor. Ein kleiner Weg aus Kopfsteinpflaster führt uns zum Hauseingang. Direkt neben dem Eingang sieht Ebru eine kleine Entenfamilie aus gebranntem Ton, die um einen schweren Blumentrog gruppiert ist. Sie hebt den Erpel hoch, schüttelt ihn vorsichtig und ein leises Klimpern ist zu hören. "Hat sich nichts geändert", sagt Ebru, als sie aus dem Bauch des Enterichs einen Schlüssel grapscht, mit dem sie die Haustür öffnet.

Drinnen im Flur empfängt uns ein muffiger Geruch von verbrauchter Luft und verstaubten Möbeln. "Wir müssen lüften", sagt Ebru und rennt die Treppe hoch, die zur ersten Etage führt. Ich höre, wie sie oben die Fenster öffnet. Ich reiße alle Fenster im Erdgeschoss auf, vom Wohnzimmer bis in die Küche. Ein frischer Duft von Strandhafer, Heidekraut und Wildbeeren weht in die Räume. Zum Glück kein Dieselgestank wie auf dem Sylter Shuttle. Nach wenigen Minuten riecht es salzig, blumig und strohig im Haus.
Ebru kommt die Stufen herunter und schnappt sich das Telefon in der Diele. Sie sucht im Telefonverzeichnis des kabellosen Gigaset-Hörers nach einer Nummer. Sie wählt und sagt dann: „Zweimal die Meeresfrüchte-Pizza mit Knoblauchsauce bitte. Haben Sie Wein? Okay, zwei Flaschen. In die Käpt'n-Christiansen-Straße 12, ja genau, Ferienhaus Svenja.“ Dann legt sie auf und grinst mich an.

„Hunger?“, fragt sie mich.
„Du kannst meine Gedanken lesen“, antworte ich lächelnd.
„Ist nicht schwer", sagt sie, „Männer haben alle die gleichen Bedürfnisse.“
„Ja, aber in unterschiedlichen Reihenfolgen“, ergänze ich.
„Genau, das macht euch dann wieder so individuell“, sagt Ebru frech.

Nach kurzer Zeit klingelt jemand an der Haustür. Klingeln ist aber zu harmlos ausgedrückt für dieses tiefe, durchdringende Schiffshorn, das durch das Haus dröhnt und in der ganzen Straße zu hören ist. Passt prima zu Sylt, vielleicht war das Ferienhaus Svenja früher ein Kapitänshaus. Ebru öffnet die Tür, zuvor hatte sie schnell einen Geldschein aus ihrer Tasche genommen. Erwartungsgemäß stutzt der junge Pizzabote, als er Ebrus verbeultes Auge sieht, aber er fasst sich schnell und verkündet den Preis für die Pizzen: „Macht 58 Euro und 50 Cent“. – „Wie bitte?“, ruft Ebru erstaunt. „Sie haben richtig gehört“, sagt der Pizzajunge im überzeugenden Ton eines hanseatischen Kaufmannsgehilfen, „die zwei Weinflaschen, die Sie zur Pizza bestellt haben, kommen direkt von der Sansibar“, erklärt er den teuren Preis. „Ach ja“, antwortet Ebru schnell, um ihre Unwissenheit zu überspielen. Sie gibt dem Pizzafahrer einen Hundert Euro Schein und sagt: „Stimmt so.“ – „Ähm, das ist ein Hunni“, sagt der Junge überrascht. „Na und, ist der gefälscht oder was?“, mault Ebru, woraufhin sich der Pizzajunge schnell mit einem „Tschüs“ und einem dankbaren Grinsen im Gesicht verabschiedet.

Wir machen es uns an dem großen Esstisch in der Küche gemütlich. Wie jedes gut ausgestattete Ferienhaus mangelt es nicht an Besteck und Tellern, wir finden sogar riesige Pizzateller im Küchenschrank und freuen uns darüber wie kleine Kinder. Es sind oft die einfachen Dinge im Leben,

die glücklich machen. Den größten Spaß hat aber Ebru, als sie den elektrischen Korkenzieher von Peugeot, mit Akku und Ladestation, in der Schublade findet. Der Korkenzieher eines französischen Autobauers passt einfach ideal zu unserem teuren Wein der Marke "Chateau Marmite très chère". Ebru entfernt mit dem Kapselschneider das Stanniol. Sie stülpt den Korkenzieher über die Weinflasche und der Korken wird sodann mit elektrischem Antrieb aus der Flasche gezogen. Das ist nicht sehr romantisch, aber äußerst effizient und witzig.
Wir stoßen mit Weinkelchen von Longchamps an und leeren die Gläser in einem Zug. Ebru schenkt sofort nach. Trotz der leckeren Meeresfrüchte-Pizza als Grundlage für den Alkohol sind wir nach einer Stunde völlig besoffen. Ein kurzer Blick auf die zwei leeren Weinflaschen lässt Ebru übermütig werden.
„Lass uns nach oben gehen“, lallt sie.
„Was gibt's denn da oben?“, lalle ich zurück.
„Früchte.“
"Hä, Früchte?"
„Verbotene Früchte!“
„Von der Sansibar?“
„Nee, von mir.“
„Ach so ...“

Daraufhin greift Ebru nach meiner Hand und zieht mich die Treppe hinauf. Ich stolpere und wanke mehr als das ich gehe, aber mit Ebru als Navigatorin finde ich das Schlafzimmer. Irgendwie sehe ich nicht mehr klar, alles verschwimmt vor meinen Augäpfeln. Zwei Hände, offenbar die von Ebru, ziehen und zerren an meinen Klamotten. Ich spüre plötzlich einen kühlen Luftzug an allen Körperteilen, das kommt wohl davon, dass ich jetzt nackt bin. Dann meldet mir der kleine Lagesensor im Hirn, dass ich mich in einem waagerechten Zustand befinde, vermutlich auf dem Bett. Mein Magen fühlt sich von dem Positionswechsel überrumpelt und erleichtert sich, indem er Pizza und Wein an die Umwelt zurückgibt. Ich hoffe noch, kurz vor dem Delirium, dass die Kotze nicht ins Bett fließt, lieber daneben auf den Fußboden, aber das ist jetzt auch egal. Dann ist alles dunkel.

Irgendwann klopft und hämmert es in meinem Kopf. Außerdem hat es angefangen zu regnen. Aber Regen im Schlafzimmer kann eigentlich nicht sein, deshalb öffne ich meine Augen. Ein nasser Waschlappen knallt gegen meine linke Wange, dann gegen die rechte. Ich sehe durch den Wasserschleier vor meinen Augen einen Typen, den ich irgendwo schon mal gesehen habe. Als er merkt, dass ich wach bin, legt er den Waschlappen zur Seite und nimmt einen Schlagstock in die Hand. Den Schlagstock habe ich auch schon mal irgendwo gesehen. Dann zähle ich eins und eins zusammen und das Ergebnis lautet: Ebrus Brüder sind wieder da.
„Na Alter, ausgeschlafen?“, fragt mich der Schlagstockhalter.
„Jawoll, was gibt’s zum Frühstück?,“ frage ich zurück.
„Ein paar auf die Fresse, wenn du weiter so vorlaut bist.“
„Echt toller Deal.“ Zack, schon trifft mich der Schlagstock an meiner rechten Hand. Da ich Linkshänder bin, bleibe ich stur: "Ne Dusche wär' mir lieber.“
„Kannst Du gerne haben, James Bond, aber dann musst Du dich auch bücken.“
„Nein danke, ich hab' Rücken“, sage ich reimend und schon landet der Schlagstock auf meiner linken Hand. Treffer und versenkt, aber so richtig feste geschlagen war das nicht. Die Intelligenzbestie schont mich noch, weil ich der Einzige bin, der weiß, wo Ebru ist. Zumindest oberflächlich betrachtet. Nach dem Wein-Besäufnis mit Ebru weiß ich gar nichts mehr, und schon gar nicht, wo sie sich befindet.
Ich schließe meine Augen und hoffe, dass der Albtraum schnell vorübergeht. Doch schon landet der triefend nasse Waschlappen auf meinem Gesicht. Ich kapier jetzt das

Verhörschema des Riesenbabys: Augen zu bedeutet Waschlappen-Folter. Augen auf heißt Schlagstock-Therapie. Also bleiben meine Augen bis auf Weiteres geschlossen.
Plötzlich pfeift jemand laut. Vor Schreck öffne ich meine Augen wieder und rechne mit sofortigem Schlagstockeinsatz wegen meiner Blödheit, aber stattdessen sehe ich, wie der Schlagstockbruder ans Fenster geht und zur Straße hinunter schaut. Dann rennt er die Treppe runter und ich höre, wie er die Haustür öffnet und hinaus geht. Ich springe aus dem Bett, ziehe so schnell es geht meine Klamotten an und gehe ans Fenster.
Was ich dort sehe ist einerseits beruhigend, andererseits auch wieder nicht. Zwei uniformierte Polizisten haben Ebrus kleinen Bruder zwischen sich genommen und scheinen ihn zu befragen. Der kleine Bruder stand an der Straße Schmiere. Ebrus großer Bruder, mein Folterknecht, geht unauffällig an den Dreien vorbei und verschwindet am Horizont. Nach Überprüfung der Personalien lassen die Beamten den Kleinen gehen.

Ich laufe durch das ganze Haus, um nach Ebru zu suchen. Sie ist nicht da. Ebrus Bruder scheint vor mir die gleiche Idee gehabt zu haben, denn alle Schranktüren sind geöffnet und die Schubladen teilweise herausgerissen. Wahrscheinlich hat er das Geld gesucht.
Ich greife in meiner Hosentasche nach dem Autoschlüssel. Immerhin, der ist noch da. Aber es ist noch etwas anderes in der Tasche, etwas, das sich anfühlt wie Geld. Ich ziehe langsam fünf gefaltete Hunderter heraus. Auf einem Schein steht *Danke* mit einem Herzchen drum herum.
Mir zittern plötzlich die Hände. Ich weiß nicht wovon. Vielleicht sind es die Nachwirkungen des Schlagstocks. Oder ist es doch die langsam zur Gewissheit werdende Enttäuschung, dass Ebru sich auf diese Weise von mir verabschiedet?
Ich setze mich an den Küchentisch. Die Pizzareste von

gestern schauen mich traurig an. Oder bin ich es, der sie traurig anschaut? Egal. Ebrus Stuhl ist leer. Immerhin, 500 Euro sind ein schönes Abschiedsgeschenk. Kleine dicke Tränen kullern über mein Gesicht. Zum Glück sieht das keiner.

8

Trotz Liebeskummer ist meine aktuelle Situation erstaunlich positiv: Ich habe 500 Euro in der Tasche, einen nagelneuen BMW und eine gültige Rückfahrkarte für den Sylter Shuttle. Das Leben geht weiter!

Ich entschließe mich zu einer kleinen Westerland Besichtigungstour. Mein Auto parke ich um die Ecke auf der Bismarckstraße, den restlichen Weg gehe ich zu Fuß Richtung Zentralstrand. Auf der Strandstraße entdecke ich das 'Fisch-Hüs', wo es, natürlich, Fisch zu essen gibt. Genau das Richtige nach dem Saufabend bei Käpt'n Christiansen. Dann geht es weiter auf die Kurpromenade. Hier treffen sich Kunz und Hinz, Kurgäste, Jugendherbergs-Schulklassen, Frührentner und die Hai-Society aus dem Hamburger Norden. Den babylonischen Dialekten zufolge spazieren hier auch einige Westfalen und Rheinländer. So kommt bei mir erst gar kein Heimweh nach Düsseldorf auf. Ich lausche einigen kubanischen Straßenmusikanten bei ihrer künstlerischen Tätigkeit. Im Überschwang der Gefühle gebe ich zwei Euro für deren Live-Act, wobei mindestens die Hälfte des Geldes an die leicht bekleidete Conga-Trommlerin gehen soll. Mangels meiner südländischen Sprachkenntnisse wandert das Geld allerdings doch in den Topf für alle. Cuba Libre.
Ich fühle mich frei wie ein Matrose auf Landgang und gönne mir deshalb ein Eis mit drei Kugeln plus Sahne.

Plötzlich höre ich in dem Stimmengewirr auf der Promenade eine mir bekannte Stimme, allerdings in einer mir völlig unbekannten Sprache. Da ich nicht sicher bin, ob es wirklich Ebru ist, die da spricht, gehe ich langsam weiter. Wäre ich ein unsportlicher Raucher oder sonst wie genetisch vorbelastet, stünde ich jetzt kurz vor einem Herzinfarkt. Mir wird so heiß, dass nicht nur das Eis in meiner Hand schmilzt, sondern auch die Waffel. Ich

schwitze erbärmlich. Einige Urlauber gucken mich erschreckt an, meine Seelenqual scheint mir ins Gesicht geschrieben. Liebe kann krank machen.
Ich versuche mich zu beherrschen. Ich zähle bis 50, auf Französisch. Doch das hat null Wirkung auf meinen Kreislauf. Dann fällt mir eine alte buddhistische Weisheit ein: Konzentration auf das Wesentliche, auf das Hier und Jetzt. Ich konzentriere mich: *Ich stehe auf der Kurpromenade ... Ich schaue auf das Meer ... Der Wind spielt mit meinen Haaren.* Bingo. Ich werde merklich ruhiger. Ein Lächeln lockert meine Gesichtszüge. Ich atme tief und ruhig.

Plötzlich ein unterdrückter Schrei: „Max!“ Ich drehe mich um. Natürlich. Ebru. Ich bereite mich auf den ersten Herzinfarkt meines Lebens vor. Überlebenschance laut Apotheken-Rundschau: 68,4 Prozent. Es das erste Mal, dass Ebru mich mit meinem Namen anspricht. Mein neuer Geburtstag. Ebru sitzt in der Terrasse des 'Café Kurpromenade'. Neben ihr ein drei- oder vier Jahre altes Mädchen. Ebrus Tochter. Ich gehe auf die beiden zu, dabei entdecke ich, dass auf ihrem Tisch drei Getränke stehen. Ebru sagt etwas zu ihrer Tochter, diesmal erkenne ich die Sprache, es ist Russisch. Das Töchterlein winkt mir freundlich zu.
„Wir müssen uns beeilen“, sagt Ebru, „mein Mann ist nur kurz zur Toilette.“
„Beeilen, wozu?“, frage ich verblüfft.
„Konzentrier dich“, befiehlt Ebru, „wo steht der Wagen?“
„Bismarckstraße 54“
„Weiter weg ging's wohl nicht“, meckert Ebru.
„Konnte ich ahnen, dass du mich wieder brauchst?“
„Ich brauche dich vom ersten Tag an, als wir uns trafen.“
„Woher wusstest du, dass wir uns wiedersehen?“
„Weibliche Intuition.“
Mit diesen Worten nimmt Ebru ihre Tochter auf den Arm und geht zügig los. „Einen Moment mal!“, ruft plötzlich eine männliche Stimme aus dem Restaurant. Ist es Ebrus

russischer Mann? Ich drehe mich um, nein, es ist der Kellner: „Sie müssen noch bezahlen."
„Das zahlt mein Mann", ruft Ebru, die mittlerweile schon etwa 30 Meter weg ist. Der Kellner nickt kurz. Ich gehe Ebru hinterher, die zwar schnell geht, aber nicht so schnell, dass es nach einer Flucht aussieht.
Als wir in die Strandstraße einbiegen, legt Ebru dann doch einen Zahn zu. Das scheint ihrer Tochter zu gefallen, die laut lacht, während sie auf Ebrus Arm ziemlich durchgeschüttelt wird.

Nach einem kurzen Dauerlauf erreichen wir das Auto. Ebru setzt sich mit ihrer Kleinen auf den Rücksitz. Ich starte den Motor und beschleunige.
„Sorry, wohin fahren wir denn?", frage ich.
„Zum Bahnhof. Hast du noch die Fahrkarte?"
„Klaro." Ich fummle in meiner Hosentasche nach der Karte.
„Pass auf!", schreit Ebru plötzlich. Ich rechne mit ihrem Mann, ihren Brüdern oder gar der Polizei als Ebru mich warnt, aber es ist ein Radfahrer, der von rechts, ohne zu gucken, in meine Straße einbiegt. Ich reagiere zu spät. Ungebremst, mit etwa 70 km/h, stoße ich den Radler von seinem Hollandrad. Er fliegt geschätzte zehn Meter weit und landet auf dem Bürgersteig. Ich bremse und halte den Wagen nach etwa 200 Metern an. Ich schaue in Ebrus Augen. Zum ersten Mal sehe ich Panik in ihrem Blick. Ihre Tochter brabbelt vor sich hin, irgendetwas auf Russisch.
„Ich muss gehen", sagt Ebru verzweifelt.
Von weit her ist eine Polizei- oder Krankenwagensirene zu hören.
„Ich weiß", sage ich, „Nimm die Fahrkarte mit."
Wir steigen aus. Menschen kommen aus ihren Häusern gerannt und kümmern sich um den Verletzten. Irgendjemand hat sein Handy gezückt und filmt uns. Beweismittel.
Ebru stellt ihr Töchterlein auf den Bürgersteig. Dann küsst

sie mich. Es ist ein Abschiedskuss, ein richtiger Kuss mit Zungenschlag.
„Hast du noch die 500 Euro?“, fragt sie mich.
Ich ziehe das Geld aus meiner Hosentasche und zeige es ihr. Ebru lächelt.
Dann schaut sie mich an und sagt ernst: „Egal wie das hier weitergeht, ich komme zurück, ich werde dich finden. Vertrau mir!“
Dann dreht sie sich um, nimmt ihre Tochter wieder auf den Arm und wechselt die Straßenseite. Ich schaue ihr hinterher. Das kleine Mädchen auf ihrem Arm winkt mir zu. Ich winke zurück.

AMAZON E-BOOK

Dieses Buch gibt es auch als e-book:

http://www.amazon.de/dp/B013MGKN50

16768763R00042

Printed in Great Britain
by Amazon